novum pro

Margot Pölzl

Die kleine Frau und die Magie der Begegnung

Märchen für Erwachsene

novum pro

www.novumverlag.com

Bibliografische Information der Deutschen Nationalbibliothek:

Die Deutsche Nationalbibliothek verzeichnet diese Publikation in der Deutschen Nationalbibliografie. Detaillierte bibliografische Daten sind im Internet über http://www.d-nb.de abrufbar.

Alle Rechte der Verbreitung, auch durch Film, Funk und Fernsehen, fotomechanische Wiedergabe, Tonträger, elektronische Datenträger und auszugsweisen Nachdruck, sind vorbehalten.

© 2016 novum Verlag

ISBN 978-3-99048-530-9
Lektorat: Lucy Hase
Umschlagfotos:
Arenacreative | Dreamstime.com, Mark Shuttleworth
Umschlaggestaltung, Layout & Satz: novum Verlag
Innenabbildungen:
Mark Shuttleworth (5)

Gedruckt in der Europäischen Union auf umweltfreundlichem, chlor- und säurefrei gebleichtem Papier.

www.novumverlag.com

Inhaltsverzeichnis

Prolog 9
Die kleine Frau, die ihre Vollkommenheit verschenkte . . . 11
Die kleine Frau und ihr Traum von einer besseren Welt . . . 21
Die kleine Frau und der Blick in den Spiegel 33
Die kleine Frau und ein wirklich guter Freund 49
Die kleine Frau macht eine wichtige Entdeckung 61
Epilog 79

*„Sei du selbst die Veränderung,
die du dir für diese Welt wünschst."*

(Mahatma Gandhi)

Prolog

Die kleine Frau ist eine Sammlerin. Sie sammelt keine Porzellanfiguren, keine Kochrezepte, keine Bilder oder Briefmarken. Nein, ihre Leidenschaft ist das Sammeln von Geschichten. Es sind Geschichten, die das Leben schreibt. Alltägliche und ausgefallene, erfreuliche und traurige, farblose und bunte, derbe und feinsinnige, geistreiche und banale Ereignisse, die von der Einzigartigkeit eines jeden Menschen erzählen. Da die kleine Frau nun schon einige Lebensringe vorweisen kann, ist dieser Schatz zu einer beträchtlichen Ansammlung von Erlebnissen und, was noch viel bedeutender ist, Erkenntnissen angewachsen.

Nun ist es so, dass sich die kleine Frau für ihr Leben gerne mit all den Menschen austauscht, die ihr begegnen. Sie spricht mit ihrer Familie, ihren Freunden, mit Bekannten und Fremden, und ab und zu spricht die kleine Frau auch mit sich selbst. In all diesen Gesprächen findet sie immer wieder Neues für ihre Sammlung. Tagtäglich hört sie irgendwo eine Erzählung, eine Anekdote, eine Schilderung, die es sich lohnt, in ihrer speziellen Schatzkiste zu verstauen.

Die kleine Frau ist sicherlich etwas Besonderes, wie jeder andere Erdenbewohner im Übrigen auch. Doch es sind nicht bahnbrechende wissenschaftliche Erkenntnisse, die sie entdeckt, oder enormes Wissen über Physik, Politik oder Wirtschaft, das sie angehäuft hat. Nein, all das ist es nicht, das sie so außergewöhnlich macht. Sie ist etwas Besonderes, weil sie ein wirklich großes Herz für ihre Mitmenschen hat. Jeder, der will, findet darin seinen Platz. Und weil ihr alle wichtig sind, hat sie auch stets ein offenes Ohr für die verschiedenen Anliegen ihrer Zeitgenossen.

Sie hört ihnen zu, ob im Zug, im Bus, im Flugzeug, im Supermarkt, im Wartezimmer, während eines Spazierganges oder bei der Arbeit, überall hört sie sich die großen und kleinen Sorgen der Menschen an. Wird sie um Rat gefragt, so kramt sie in ihrer Schatzkiste, und in den allermeisten Fällen findet sie eine oder gar mehrere Geschichten, die zu den Problemen der Menschen passen. Jedoch ist dies nur eine kleine Hilfestellung auf der Suche nach einer Antwort. Denn eines weiß die kleine Frau aus eigener Erfahrung ganz genau, eine Antwort oder Lösung auf eine persönliche Problemstellung kann man nur in sich selbst finden. Und exakt das ist auch ihr Dilemma. Es ist immer leicht, sich mit den Angelegenheiten der anderen auseinanderzusetzen, schwieriger wird es dann, wenn es einen selbst betrifft. Und genau deshalb hat sich die kleine Frau aufgemacht und versucht ihren eigenen Weg zu finden, in der Hoffnung, dabei sich selbst zu begegnen.

Die kleine Frau, die ihre Vollkommenheit verschenkte

Es war einmal eine kleine Frau, die sich redlich bemühte, eine gute Frau zu sein, allen Menschen zu gefallen, und die den Traum hegte, etwas Besonderes in ihrem Leben zu vollbringen.

Als sie noch ein Kind war, träumte sie davon, den Armen und Bedürftigen zu helfen. In ihren Tagträumen beschenkte sie die Menschen mit all den Dingen, die ihnen ein menschenwürdiges und glückliches Leben ermöglichten. Zu der Zeit lebte sie in einem heimeligen Haus am Waldrand mit ihren Eltern und den drei Schwestern. Auch wenn sie nicht träumte, war sie fröhlich und liebte das Leben.

Eines Tages begegnete sie einem jungen Mann, der ihr gut gefiel. Sie spürte, dass er ein großes Herz hatte, und so beschlossen sie, den weiteren Lebensweg gemeinsam zu gehen. Über die Jahre bekamen sie drei Kinder; einen Sohn und zwei Töchter.

Auch dieses Leben war ein gutes und sie versuchte wieder ihr Bestes zu geben. Sie fühlte, dass es die richtigen Dinge waren, die sie tat, ohne sich dessen wirklich bewusst zu sein. Sie war glücklich für ihre drei Kinder sorgen zu können, ihnen ein behagliches Zuhause zu geben, und sie liebte ihre Familie von ganzem Herzen.

Als die Jahre vergingen und die Kinder das Haus verließen, gab es auch manch schmerzlichen Abschied, und es kam der Moment, als die kleine Frau anfing lange über sich und ihr Leben nachzudenken.

In dieser Zeit hatte sie einen Traum:

Die kleine Frau ist auf einer Reise zurück in ihre Vergangenheit und diese glänzt in einem seltsam verklärten Licht. Sie steht auf einem hohen Berg und kann ihr ganzes Leben überblicken. Es stellt sich als vollkommen harmonisch dar, so wie sie es sich immer gewünscht und vorgestellt hat. Die kleine Frau ist ja auch davon überzeugt, ihr Bestes gegeben zu haben. Eigenartigerweise passen ihre Gefühle nicht zu diesem Bild. Als ihr Blick ins Tal fällt, sieht sie ihre Familie, wie sich einer nach dem anderen seinen Weg in Richtung Berggipfel sucht. Aber irgendwie kommen sie nicht weiter und die kleine Frau kann nicht erkennen, was ihnen den Weg versperrt. Da über die große Entfernung kein Rufkontakt möglich ist, macht sie sich auf, um ihrer Familie entgegenzukommen. Doch bevor sie vom Gipfel absteigt, lässt sie ihre Augen noch einmal auf diesem Bild der Vollkommenheit ruhen, wie sie ihre Vergangenheit im Schein der aufgehenden Sonne wahrnimmt.

Aus unerklärlichen Gründen ist der Abstieg sehr anstrengend und auch die Lichtverhältnisse ändern sich immer wieder stark, sodass die kleine Frau Mühe hat, ihren Weg zu finden. „Warum habe ich diese Seite des Berges nie erkundet? Die Gegend ist mir ganz und gar fremd, wie soll ich hier meiner Familie entgegenkommen?" Das Gelände wird immer unwegsamer, und so verirrt sich die kleine Frau. Sie kennt nur jenen einen Weg, der sie auf den Gipfel geführt hat, aber dieser scheint nicht der richtige zu sein, der sie zu ihrer Familie bringen wird. Immer wieder schlägt sie eine neue Richtung ein. Die Pfade sind teilweise sehr steinig. Manchmal muss sie umkehren und ein Stück zurückgehen, um eine andere Richtung einzuschlagen. Als sich erneut eine Weggabelung auftut, bleibt sie stehen und hält kurz inne. Sie sieht, dass rechts ein schmaler Pfad sehr steil nach unten führt und zum Teil über felsiges Gelände bergab geht. Links ist der Weg wesentlich einladender, jedoch stimmt die Richtung nicht. Die kleine Frau ist unsicher, wohin sie sich wenden soll. Einem inneren Gefühl folgend nimmt sie ihren ganzen Mut zusammen, setzt beherzt einen Schritt vor den anderen und wendet sich dem steil abfallenden Steg zu. Vorsichtig steigt sie in die kaminartige Schneise ein, ihre Füße tasten sich langsam nach unten. Die Hände krallen sich links und rechts im Fels fest und versuchen zusätzlich Halt zu finden. Nach einer Weile klettert sie schon etwas sicherer den felsigen Pfad bergab. Das Zittern ihrer Knie lässt nach und sie kommt immer schneller voran. Der Steig wird ein wenig breiter und mündet in eine schmale Rinne, die übersät mit unzähligen kleinen Steinen steil abwärts führt. Nun wird es der kleinen Frau leicht ums Herz. Fast übermütig hüpft sie die Schotterrinne hinunter. Als sie unten ankommt, hat sie es endlich geschafft und kann ihre Familie in die Arme schließen.

Sofort sind all die Strapazen vergessen und sie fühlt sich sehr glücklich. Gemeinsam mit ihren Lieben schaut sie nochmals auf ihr Leben zurück und bemerkt, dass sich das Licht verändert hat. Es ist etwas Merkwürdiges passiert: Dieser alles überstrahlende Schein der Vollkommenheit ist verschwunden. Das Leben liegt viel lebendiger und bunter vor ihnen, mit all seinen Farbschattierungen von Nachtschwarz bis hell strahlend, mit allen Höhen und Tiefen.

Dann erwachte die kleine Frau und verstand. Sie verstand, dass das Streben nach Vollkommenheit ihre Wahrnehmung stark eingeschränkt hatte. Sie erkannte, wie sehr sie sich in ihren Sichtweisen verstrickt und darüber ganz die Einzigartigkeit eines jeden Menschen übersehen hatte.

Sie begriff, wie wichtig es war, jeden Einzelnen als eigenständiges Wesen wahrzunehmen und zu respektieren, dass man die eigenen Vorstellungen vom Leben anderen nicht überstülpen konnte; dass jede kleine Welt ihre Wertschätzung verdiente. Ihr wurde bewusst, dass es gar manches gab, das sie hätte besser machen können. Eine Zeit lang war sie darüber sehr traurig. Sie hätte das Rad der Zeit gerne zurückgedreht, um Versäumtes nachzuholen und wiedergutzumachen.

Da die kleine Frau über keine Zauberkräfte verfügte, beschloss sie, die Vergangenheit so gut sie es vermochte anzunehmen und konzentrierte sich darauf, ihr Wirken in Zukunft besser zu gestalten. Sie verdoppelte ihre Anstrengungen, merkte jedoch, dass dies ein sehr aufwendiger und kräftezehrender Weg war und keine wirklich zufriedenstellende Lösung.

So beschloss sie, ein wenig zurückzutreten von all ihren eingefahrenen Pfaden und sich für alles zu öffnen, was da noch kommen mochte. Dieses Innehalten und Öffnen machte viel Raum für neue Erfahrungen und Eindrücke. Sie spürte, dass ein Gefühl der Befreiung und der Leichtigkeit aus den einfachen, unkomplizierten Dingen herausströmte. Von nun an versuchte sie, ihr Leben einfacher und bedächtiger anzugehen.

Dieses Unterfangen war jedoch eine echte Herausforderung und verlangte der kleinen Frau einiges ab. Sie merkte, wie schwer es war, alte Einstellungen, Muster und Gewohnheiten loszulassen, die immer wieder versuchten die Oberhand zu gewinnen. Doch die kleine Frau hatte ihren Entschluss gefasst, sie wollte nicht mehr zurück.

Sie erkannte, dass mit dem Annehmen ihrer Vergangenheit und ihrer selbst, so wie sie war, sich etwas in ihr veränderte. Diese ersten Schritte der Veränderung machten die kleine Frau sehr glücklich. Sie spürte, dass dies ihr Weg war, auch wenn noch nicht feststand, wohin er sie führen würde.

In dieser Zeit hatte sie abermals einen Traum:

Die kleine Frau steht am Hafen einer prachtvollen Stadt am Meer. An der Mole liegt ein Schiff von majestätischer Größe und perfektem Aussehen und dieses erweckt sogleich ihre Aufmerksamkeit. Auf der anderen Seite des Hafens schaukeln viele kleine, einfache Boote in verschiedenen Farben und Formen auf dem Wasser. Jedes auf seine Art reizvoll. Die kleine Frau schlendert zuerst in Richtung Riesendampfer. Dort kann sie schon von Weitem hören, wie für die Fahrt auf dem Luxusschiff geworben wird. Die Veranstalter überlassen nichts dem Zufall. Überall am Pier verteilen junge Leute Prospekte, in denen die Vorzüge einer Reise auf dem Traumschiff angepriesen werden. Bunte Plakate leuchten von den Wänden und digitale Werbetafeln blinken um die Wette. Die ausgeklügelte Taktik, die hinter dem aufwendigen Projekt steckt, scheint aufzugehen. Viele Menschen strömen dem Landungssteg zu. Das fleißige Rühren der Werbetrommel macht sich bezahlt. Die kleine Frau kann sich kaum der starken Anziehungskraft entziehen, die von dieser Werbemaschinerie ausgeht. Die wunderbaren Schilderungen tun ihre Wirkung. Jedes Traumziel steht offen. Mit ein wenig Glück kann jeder Wunsch in Erfüllung gehen. Das Leben auf diesem Schiff verspricht viel für die Zukunft. Es kann sozusagen mit geringem Einsatz viel erreicht werden. Die Route hat der Kapitän schon festgelegt. Es stehen begehrenswerte Ziele auf dem Reiseplan und das Programm ist zeitlich so gestrafft, dass Langeweile niemals ein Thema wird. Niemand muss sich über den Kurs sorgen. Es ist alles vorprogrammiert und ausreichend für Unterhaltung und Abwechslung gesorgt. Der Preis für das umfangreiche Angebot kommt den meisten Menschen nicht zu hoch vor. Zu bezahlen hat man mit Lebenszeit, denn damit fährt das gigantische Schiff, aber irgendwie muss man ja so oder so die Lebenszeit verbrauchen, also warum nicht auf dieser Reise?

Die kleine Frau ist von den marktschreierischen Methoden wie benommen und kaum fähig, sich den Verlockungen zu entziehen, die hier so ausführlich und spannend dargestellt werden. Langsam wendet sie sich ab. Je weiter sie sich vom Schiff entfernt umso stärker wird ihre eigene Willenskraft. Sie dreht sich um und geht schnellen Schrittes zu den kleinen Booten, um diese näher betrachten zu können. Sie haben alle ihren eigenen Charakter und unterscheiden sich auch wesentlich in ihrem Äußeren. Nach kurzer Zeit findet die kleine Frau eines, das ihr besonders gut gefällt, zu dem sie sich stark hingezogen fühlt. Auf einer Tafel steht, dass dieses Boot selbst zu bedienen sei. Die Gebrauchsanleitung sei in der Kombüse neben dem Kochbuch zu finden. Das gibt der kleinen Frau Vertrauen, denn Kochen ist etwas, das sie gern tut und gut kann. Sie betritt das Boot und spürt gleich eine tiefe Verbundenheit, auch wenn sie das leichte Schaukeln noch etwas verunsichert.

In der Gebrauchsanleitung steht, dass sie ab nun der Kapitän dieses Schiffes sei und es überaus wichtig sei, das Schiff nur mit den Kleidern, die man am Körper trägt, zu betreten. Alles Übrige müsse im Hafen zurückbleiben. So entledigt sich die kleine Frau ihrer Koffer und der darin befindlichen Güter, die sich in all den Jahren angesammelt haben. Die Menge der Gepäckstücke ist kaum noch zu überblicken und es wird auch immer anstrengender, diesen ganzen Ballast mitzuschleifen. Gleich fühlt die kleine Frau eine gewaltige Erleichterung. „Gut so", denkt sie und macht sich auf die Reise. Die erste kleine Insel liegt nicht weit entfernt und das Steuern macht ihr Spaß, auch wenn das Kurshalten noch ihre ganze Konzentration erfordert. Auf dem ersten kleinen Eiland, das sie ansteuert, begegnet sie einem anderen Kleinschiffkapitän und sie tauschen ihre Erfahrungen aus. Immer wieder trifft sie auf kleine Boote, die ihren Weg durch die inselreiche Gegend suchen, und diese Begegnungen sind jedes Mal eine Bereicherung. Die kleine Frau ist begeistert. Je umfangreicher ihre Fähigkeiten, das eigene Schiff zu steuern, gedeihen, umso weiter traut sie sich aufs Meer hinaus, umso mehr will sie von der Welt sehen und erfahren. Bald schon lernt sie auch schwierige Situationen zu meistern. Ihr Zutrauen wächst von Tag zu Tag, nun kann die große Reise beginnen.

Dann erwachte die kleine Frau und verstand. Sie verstand, dass die Verantwortung und Zuständigkeit für ein gutes und zufriedenes Leben bei ihr selbst lagen. Sie hatte das Ruder in der Hand, niemand anderer als sie selbst bestimmte die Fahrt. Es war ihre Aufgabe, für Zufriedenheit und Glück in ihrem Leben zu sorgen, und sie erkannte auch, dass andere gar nicht die Möglichkeit hatten, ihr Schiff zu steuern.
„Ich bestimme, was mich glücklich beziehungsweise unglücklich macht oder wie ich mit Unglück und Glück umgehe." Ein neues Gefühl durchströmte die kleine Frau, das Gefühl der Selbstbestimmtheit. Durch die neu gewonnene Einstellung der Eigenverantwortlichkeit löste sie sich aus ihren Abhängigkeiten. Jeder musste für sein Glück selbst sorgen und das wollte sie in Zukunft auch. Dadurch fand eine wichtige Wandlung in der kleinen Frau statt.

Sie nahm sich jetzt mehr Zeit zum Erspüren, Erkennen, Erleben, Sich-neu-Entdecken und Verstehen. Sie merkte, dass sie immer mehr zu sich selbst fand, und wie dadurch die Wertschätzung sich selbst und den anderen gegenüber zunahm. Ja, das war erstaunlich, je mehr sie sich selbst annehmen konnte, stieg im gleichen Maße die Akzeptanz den anderen gegenüber. Sie begann jedes Anderssein als eine Bereicherung zu schätzen.

Die kleine Frau erkannte auch, dass sie nicht allen Menschen gefallen und auch niemals alles richtig machen konnte. Aber sie wusste jetzt, dass die Vollkommenheit beziehungsweise das Vollkommensein für sie kein erstrebenswertes Ziel mehr war. Die Menschen, die sie liebte, die ihr etwas bedeuteten, würden sie auch so annehmen. „Ich bin ich und so, wie ich bin, bin ich in Ordnung." Dieser Satz wurde ein guter Begleiter für ihre weitere Entwicklung.

Jetzt konnte sie auch ihr Handeln in der Vergangenheit besser verstehen und dazu stehen. „Es gehört viel Mut dazu, sich der Welt zu zeigen, wie man ist. Jedoch solange ich nicht bereit bin, mir selbst die Treue zu halten, kann ich nicht herausfinden, wer ich bin, und infolge auch nicht entdecken, was ich will, was mir wertvoll und wichtig ist."

Ihre Geschichte sah sie jetzt in einem anderen Licht und so konnte die kleine Frau auch erkennen, dass sie schon etwas ganz Besonderes in ihrem Leben geleistet hatte: Sie hatte drei wunderbaren Menschen das Leben geschenkt und sie so gut es ihr möglich war begleitet. Alles, was sie je für ihre Familie getan hatte, geschah aus Liebe und war mit Liebe erfüllt. Auch die Zuneigung, die sie ihren Freunden entgegenbrachte, entsprang dieser unerschöpflichen Quelle der Liebe. Da war sie ja, die Zauberkraft, denn die Kraft der Liebe war ein nie endender Zauber, der imstande war, jede Entfernung zu überwinden, jede Verletzung zu heilen. Sie war der Schlüssel, der alle Türen zu öffnen vermochte. In ihr lag Vollkommenheit, ohne Glanz und Schein, sie war die Grundlage für jedes Sein und Werden.

Jetzt war es der kleinen Frau möglich, ihren Traum von der Vollkommenheit loszulassen, ihn zu verschenken, weil für sie nur die Liebe vollkommen war.

Die kleine Frau wird ihre Fahrt durch das Weltmeer fortsetzen und Ausschau halten nach Aufgaben; Aufgaben, für die es sich zu leben lohnt, vor allem wird sie sich weiterhin bemühen, den Zauber der Liebe in die Welt hinauszutragen.

Die kleine Frau und ihr Traum von einer besseren Welt

Nun hatte die kleine Frau zwar die befreiende Erkenntnis der Unvollkommenheit in ihren Rucksack gepackt und freute sich auch sehr darüber, diese Kostbarkeit entdeckt zu haben, spürte jedoch, dass noch einige Herausforderungen auf ihrem Weg lagen, die es zu meistern galt.

Die kleine Frau fand unsere Erde unbeschreiblich schön und war außerordentlich dankbar darüber, diesen kleinen Himmelskörper ihre Heimat nennen zu können. „Dieser Planet ist ein einzigartiges Juwel von unvergleichlicher Schönheit, die Naturphänomene und alles Lebende darauf von atemberaubender Faszination." Sie liebte das Leben auf der Erde, aber unglücklicherweise ließ der Zustand des Planeten sehr zu wünschen übrig und das bescherte ihr viel Kopfzerbrechen.

Da passierte eines Nachts etwas Seltsames: Die Erdkugel schien irgendwie aus dem Gleichgewicht geraten zu sein.

Die kleine Frau irrt durch Straßen, über Wege und Plätze, aber nichts ist ihr mehr vertraut. Wo ist ihr Fleckchen Erde hingekommen, ihr Zuhause, mit dem sie sich so verbunden fühlte? Was ist geschehen? Stolpernd müht sie sich über einen ihr fremden Landstrich. Ein kalter Wind bläst ihr entgegen, alles ist grau und unwirtlich. Das Tageslicht sickert langsam durch die zähen Nebelschwaden. Alles Bunte scheint aufgesaugt, eine gräuliche Tönung überzieht die Natur. Fröstelnd hält sie Ausschau nach einem schützenden Ort, wo sie unterschlüpfen und sich ausruhen kann. Als die kleine Frau endlich ein großes, sonderbar aussehendes Gebäude entdeckt, schöpft sie Hoffnung. Im Inneren des Hauses durchschreitet sie einen Raum nach dem anderen. Niemand scheint dieses Anwesen zu bewohnen. Aber irgendetwas zieht sie in eine bestimmte Richtung. Alle Türen öffnen und schließen sich von selbst. Eisige Kälte schlägt der kleinen Frau entgegen, je weiter sie ins Innere vordringt. Mit einem Mal steht sie vor einer hell erleuchteten Tür. Vorsichtig drückt sie die Klinke hinunter, und als die Tür nur eine Handbreit offen ist, saugt ein starker Luftzug die kleine Frau mitten in einen riesigen Saal. Nach geraumer Zeit kann sie erkennen, dass der ganze Raum mit Menschen gefüllt ist und alle konzentriert auf sie starren. Die kleine Frau fühlt die bohrenden Blicke und fragt, wo sie denn hier gelandet sei. Eine mächtige Stimme ertönt aus dem Lautsprecher und erklärt, dass ihr die Aufgabe zugeteilt wird, die Erde so schnell wie möglich wieder ins Gleichgewicht zu bringen. „Wie bitte soll mir das denn gelingen?", will die kleine Frau wissen. Doch die Stimme duldet keine Widerrede. Alles, was sie dazu benötige, werde zur rechten Zeit am rechten Ort sein. Sie solle so schnell wie möglich handeln. Andernfalls sehe es nicht gut für unseren Planeten aus. Die Zeit dränge. Mit diesen Worten ist sie entlassen. Die kleine Frau stolpert aus dem Raum hinaus und ist vollkommen überrumpelt und überfordert.

Schweißgebadet erwachte sie und verstand nichts. Sie verstand nicht, wie sie als kleine Frau die große Welt wieder ins Gleichgewicht bringen sollte. „Wie soll das einer einzelnen Person möglich sein?", dachte sie verwirrt. „Ich kann mir nicht vorstellen, welche Rolle mein Beitrag dabei spielt." So grübelte sie angestrengt darüber nach, was ihr der Traum sagen wollte.

Für die kleine Frau war die Erde ein Paradies, etwas Einzigartiges und Unersetzbares. „Wir haben nur diese eine und es gibt keinen Ersatz dafür. Wie kann ein Bewusstsein für die Einmaligkeit unseres Planeten geschaffen werden? Ich sehe die Herausforderung, vor der die Menschheit steht, aber diese Aufgabe kann von keinem Einzelwesen gelöst werden." Nun schwirrte dieses Thema der kleinen Frau ständig im Kopf herum und machte sie immer nachdenklicher. Manchmal, wenn sie Nachrichten hörte, wurde ihr ganz schwindelig, so viel Unerfreuliches passierte da draußen. Meist war das Geschehen ja weit weg und hatte eigentlich wenig mit dem Leben der kleinen Frau zu tun, trotzdem berührte es sie zutiefst. Die Vorfälle machten die kleine Frau betroffen, auch wenn sie am anderen Ende des Erdballs passierten.

„Es muss einen Weg geben, die Menschen zum Nachdenken zu bringen."

Die kleine Frau war eine eifrige Sammlerin von Lebensgeschichten. Erzählungen von Mahatma Gandhi, Jane Goodall, Nelson Mandela, Bertha von Suttner, Mutter Teresa, dem Dalai Lama und einigen mehr beeindruckten sie nachhaltig. Diese Menschen haben unwahrscheinlich Großes geleistet durch ihre Überzeugung, einer gerechten Sache zu dienen. Nun, sie besaß weder die Beharrlichkeit und Standhaftigkeit von Mahatma Gandhi noch die Unermüdlichkeit von Jane Goodall, nicht das Durchhaltevermögen von Nelson Mandela, auch nicht die tiefe Überzeugung von Bertha von Suttner, weder die Selbstlosigkeit von Mutter Teresa noch den tiefen Glauben des Dalai Lama. „Was ist mir möglich?", sinnierte sie.

„Eigentlich kann diese große Herausforderung nicht Angelegenheit einer einzelnen Person sein." Eilig erledigte sie einige Telefongespräche, packte ihre Koffer und machte sich auf die Reise.

Ihr erster Weg führte sie in die größte Stadt ihres Landes. Sie kannte und liebte diese Stadt, doch heute blieb keine Zeit für Streifzüge, sie hatte einen Auftrag zu erfüllen. Zielbewusst wanderte sie eine breite Allee entlang, bis sie zu einem prächtigen, tempelartigen Gebäude kam. Respektvoll betrat sie die riesige Säulenhalle und bewunderte die eindrucksvolle Architektur des alten, ehrwürdigen Bauwerkes. Ein freundlicher Herr kam und führte sie durch prunkvolle Räumlichkeiten in das Innere des Hauses. Ein leitender Politiker erwartete die kleine Frau. Klopfenden Herzens betrat sie das Büro des Ministers. Weltmännisch trat Herr Winter auf sie zu. Bedauerte, dass er nur kurz Zeit erübrigen könne, und fragte nach ihrem Anliegen. Höflich erzählte sie von der Sorge um unsere Erde und von der Hoffnung, die sie in die Politik setze. Ihrer Überzeugung nach hätten Politiker zahlreiche Möglichkeiten und hielten auch das entsprechende

Werkzeug in Händen, die Umwelt nachhaltig zu schützen, um das Leben auf unserem Planeten lebenswert zu erhalten. War es nicht auch Aufgabe der Politik, mit den Ressourcen unserer Erde vernünftig hauszuhalten, die Müllberge einzudämmen, die Erwärmung zu stoppen und generell eine brauchbare Basis für ein friedliches Miteinander zu schaffen? Der Minister bekundete sein Verständnis für die Sache. Er verstand den Kummer der kleinen Frau, denn er kannte die Problematik. Deshalb tat es ihm auch außerordentlich leid, jetzt keine Zeit für das Anliegen der kleinen Frau erübrigen zu können. „Die Wahlen stehen vor der Tür und unglaublich viel ist zu tun. Wir müssen den Menschen wieder Zuversicht geben und das nimmt sehr viel Zeit in Anspruch." Galant verabschiedete sich Herr Winter von der kleinen Frau und diese verließ nachdenklich den Raum.

Langsam ging sie hinaus auf die Straße und nahm den Weg entlang des Flusses. Gedankenverloren wanderte sie durch einen kunstvoll bepflanzten Park und ließ das Gehörte nachwirken. „Sind meine Worte durch das offene Fenster davongeflogen, bevor sie den Volksvertreter erreicht haben?" Sie hatte das Gefühl, sich mit keiner Silbe verständlich gemacht zu haben. „Nun, hier habe ich nicht viel erreicht, aber noch ist nicht aller Tage Abend", damit beschleunigte sie ihre Schritte und steuerte das nächste Ziel an.

Als zweiter Programmpunkt ihrer Mission stand ein Treffen mit einem Spitzenvertreter der Wirtschaft auf dem Plan. „Die Wirtschaft" war für die kleine Frau ein großes, undurchschaubares Etwas, hinter dem Geld und Macht stand, in für sie unvorstellbarem Ausmaß. Die Menschen hinter diesem riesigen Gebilde hatten die Möglichkeit enorm viel zur Verbesserung einer intakten Umwelt beizutragen. Aus diesem Grunde war es unerlässlich, das Verständnis der Wirtschaftswelt für die Umwelt zu steigern und das Bewusstsein für Gemeinsamkeit zu schärfen. Energisch marschierte die kleine Frau auf einen imposanten, modernen Gebäudekomplex zu. Durch ein gigantisches Glasportal betrat sie das riesige Haus und war sprachlos über derart viel Glanz und Luxus. Gleich nahm sie ein Portier in mit Gold verbrämter Livree in Empfang. Er meldete ihre Ankunft und begleitete sie zum Aufzug. Während der Fahrt ins oberste Stockwerk bewunderte die kleine Frau die herrliche Aussicht über einen Großteil der Stadt. Oben angekommen blieb sie eine Weile regungslos stehen. Hektik durchflutete die Räume. Eilig durchschritten Mitarbeiter die Gänge, unentwegt schrillten Telefone. Rastlosigkeit und Anspannung drangen aus allen Ecken und Enden. Das Geschehen erfasste auch die kleine Frau. In ihrem Kopf wirbelte alles wild durcheinander. Mit Mühe gelang es ihr, sich aus der fieberhaften Betriebsamkeit auszuklicken. Nach wenigen Minuten hatte sie sich wieder gesammelt und schritt schnurstracks in das Büro des Generaldirektors.

Wortgewandt drückte sie ihre Besorgnis bezüglich der Erde aus und hoffte, dass sie ihren Gesprächspartner, Herrn Schmid, von der Wichtigkeit eines Beitrags der Wirtschaftswelt in dieser Angelegenheit überzeugen konnte. Die kleine Frau war ohne Zweifel, dass die Wirtschaft viele Möglichkeiten hatte, nachhaltig auf die Umwelt einzuwirken, und zusätzlich hätte sie noch das Potenzial, Armut und Hunger auf der Welt zu verringern, vielleicht sogar, sie davon zu befreien. Konzentriert hörte Herr Schmid den Ausführungen der kleinen Frau zu und bekundete auch Verständnis. Aber aus seiner Sicht musste die Wirtschaftswelt unabhängig und eigenständig bleiben, denn eine Rücksichtnahme auf die Lebens- beziehungsweise Umwelt würde nur das Wachstum bremsen und somit der gesamten Menschheit mehr schaden als nützen. „Die Wirtschaft kann es sich nicht leisten, die ganze Welt als Einheit zu denken. Diese Ganzheitlichkeit wäre der Untergang eines florierenden Marktes", brachte er seinen Standpunkt unmissverständlich zum Ausdruck.

Die kleine Frau verstand nicht. „Ist die Wirtschaft nicht Teil dieses Ganzen? Eine intakte Erde muss doch im Interesse aller sein. Wenn etwas passiert, passiert es uns allen", unterstrich sie ihre Aussagen. Für den Wirtschaftsexperten, der selbst ein gigantisches Firmenimperium besaß, war ein gesichertes Wachstum der wertvollste Beitrag, um die Erde im Gleichgewicht zu halten. Das sei der Hauptmotor für eine intakte Welt, erklärte er. Und für dieses Wachstum zu sorgen, sei oberste Priorität der Wirtschaftstreibenden.

„Wie", dachte die kleine Frau, „kann etwas ständig wachsen, ohne dass es eines Tages aus den Fugen gerät? Wie kann ein gigantisches Gebilde, künstlich bis aufs Äußerste aufgeblasen, die Gefahr des Ungleichgewichts verringern?" Darüber musste sie erst einmal gründlich nachdenken. „Die Wirtschaft muss sich auf das Wachstum konzentrieren", belehrte sie der Wirtschaftsexperte. Eilig verabschiedete sich Herr Schmid von der kleinen Frau, denn die geringen Wachstumsraten bereiteten ihm großen Kummer.

Erneut verließ die kleine Frau das Büro und ging voll wirrer Gedanken auf die Straße hinaus. In ihrem Kopf hallten die Worte nach, ergaben aber noch keinen zusammenhängenden Sinn. „Nun, das gegenseitige Verständnis hat sich in Grenzen gehalten. Ich sollte das wechselseitige Verstehen unbedingt zum Wachsen bringen." Aufgewühlt steuerte sie die nächste Station an.

Der Weg führte die kleine Frau in den inneren Teil der Stadt. Dort stand die ehrwürdige Universität umgeben von alten Eichenbäumen, in deren Schatten sie sich ein wenig ausruhte. Das Universitätsgebäude flößte ihr Vertrauen ein. Die Universität, der Ort, wo die Wissenschaft zuhause war, wo Forschung betrieben, wo Wissen gelehrt, wo nach neuen Erkenntnissen gesucht wurde. Sie liebte dieses Gebäude, denn in erster Linie verband die kleine Frau Wissen mit Verstehen und Verstehen führte zu Verständigung und diese sah sie als unumgängliche Basis für ein gutes Miteinander. „Wenn wir uns gegenseitig verstehen, können wir gemeinsam nach Lösungen suchen, gemeinsam entscheiden und gemeinsam handeln." Langsam schlenderte sie dem Universitätsgebäude entlang und überlegte, ob sie um ein Gespräch mit dem Rektor bitten sollte. „Wenn sich die Wissenschaft in den Dienst der Sache stellen würde, wie viel würden die Menschheit und die Umwelt davon profitieren. Wenn alle nationalen und finanziellen Überlegungen außen vor bleiben könnten, wenn die Wissenschaft als Einheit agieren könnte. Was könnten wir nicht alles erreichen?" Die kleine Frau ging träumerisch weiter, vorbei an den majestätischen

Weidenbäumen, die das Flussufer säumten. Sie schwelgte in ihrer Fantasie. Doch schon nach kurzer Zeit spürte sie den Boden der Realität wieder unter ihren Füßen. Mit einem Mal war sie sich nicht mehr sicher, ob sie Gespräche überhaupt weiterbrachten. Sie wollte erst einmal ein wenig Abstand gewinnen.

Von Weitem erspähte sie eine prächtige Kathedrale. „Eigentlich bin ich sehr müde. Ein paar ruhige Minuten in einem stillen Raum werden mir jetzt guttun." Bedächtig betrat sie die Kirche. Die Ruhe im Innern ließ die kleine Frau zu sich kommen und wieder frei durchatmen.

So viel Raum, so viel Stille, ein wunderbarer Ort für Begegnung. Sofort kam ihr der Gedanke, wie viel die kirchlichen Institutionen zu ihrem Anliegen beitragen könnten. All die verschiedenen Glaubensrichtungen hätten die Möglichkeit, vielleicht sogar die beste, die Bevölkerung aufzurütteln und zu einer Zusammenarbeit zu bewegen. Glaube sollte verbinden, sollte Menschen einander näher bringen, sollte Toleranz, Verständnis und Empathie fördern. Wenn dies nicht geschah, würde jede Religion ihre Glaubhaftigkeit verlieren. Sie versuchte sich alle Gläubigen dieser Erde vorzustellen, all jene, die wirklich und wahrhaftig glaubten, an Gott, an das Göttliche und Gute im Menschen, an eine bessere Welt. „Was könnten diese Menschen nicht alles bewegen? Unvorstellbar, wie viel Heilvolles und Schönes auf dieser Welt passieren könnte. Es braucht die Zusammenarbeit, um nachhaltig das Leben auf dieser Erde zu sichern."

„Mit meinen Träumereien komme ich keinen Schritt weiter. Die Welt wird dadurch nicht einen Deut besser." Die kleine Frau sorgte sich aufrichtig, denn sie liebte diesen Planeten, und so fiel ihr wieder der Traum ein: „Wie kann ich dazu beitragen, die Schieflage unserer Erde ein Stückchen geradezurücken?" Die Ruhe in der Kirche ließ die kleine Frau schläfrig werden, sie lehnte sich entspannt zurück und entglitt in eine andere Dimension.

„Wir sind gerettet", denkt die kleine Frau. Erleichtert schiebt sie den Steuerungshebel des Flugobjektes auf „Starten". Langsam heben sie von der Erde ab und nehmen Kurs ins Weltall. All ihre Liebsten haben sich mit ihr auf diese Reise begeben. Das

Gefährt ist riesig, aneinandergekoppelte geräumige Einheiten, die genügend Platz für alle bieten. Für die an Bord befindlichen Personen ist gut gesorgt, sie fühlen sich sicher. Die kleine Frau und ihre Mannschaft sind sehr dankbar, dass sie den Wirren der Erde entfliehen konnten. Sie machen sich auf die Suche nach einem neuen Planeten, wo sie in Frieden und sorgenfrei leben können. Auf der Erde sieht es nicht gut aus. Die Schieflage wurde durch Streitigkeiten zwischen den Nationen um Raum, Nahrungsmittel, Bodenschätze und Wasser vergrößert, die Atmosphäre mehr und mehr vergiftet. Deshalb hat sich die kleine Gruppe bestehend aus Familie und Freunden schweren Herzens entschlossen, sich in die Weiten des Weltalls aufzumachen, um eine neue Heimat zu suchen. Obwohl sie nun schon geraume Zeit unterwegs sind und aufgrund der enormen Reisegeschwindigkeit weite Strecken des Weltraums erforscht haben, konnten sie bis jetzt nichts Brauchbares entdecken. Langsam macht sich in der Gruppe Unsicherheit breit. Gibt es überhaupt noch einen bewohnbaren Planeten in unserem Universum? Die Reise führt sie immer tiefer in die endlosen Weiten des Kosmos. Zeit und Raum verschwimmen. Sie wissen nicht mehr, wie lange sie schon unterwegs sind, als sie mit einem Ruck zum Stillstand kommen. Ein unglaublich schönes, buntes Phänomen, das ihre ganze Aufmerksamkeit auf sich zieht, breitet sich vor ihnen aus. Eine kosmische Straße wird sichtbar, links und rechts davon kreisen kleine Planeten in bunten Farben. Jeder dieser Himmelskörper leuchtet in einer anderen Farbe, ein unglaublich faszinierender Anblick. Aber eigenartigerweise gibt es in diesem ganzen Farbspektrum nicht einen einzigen Blauton. Den Reisenden wird mit einem Schlag bewusst, dass sie zur Erde zurück müssen. Beim Anflug auf den blauen Planeten ahnt die kleine Frau, dass weder Geld noch Macht die Welt wieder ins Gleichgewicht bringen werden. Mit einem Mal weiß sie, wo sie den Hebel ansetzen muss, um die Erde ein Stück weit ins Lot zu bringen. Kurz nach der Landung stürmt die kleine Frau aus dem Raumschiff und direkt auf das große, merkwürdige Haus zu. Sie eilt die Gänge entlang. Wie schon beim ersten Mal spürt sie die Kälte, die ihr entgegenschlägt. Die Tür zum Saal steht offen, die wartenden Menschen heben langsam ihre Köpfe und starren erwartungsvoll auf die kleine Frau. Meine Aufgabe, ich habe eine Lösung gefunden, erleichtert lächelt sie den Anwesenden zu.

Dann erwachte die kleine Frau und verstand. Sie verstand, dass ihre kleine Welt, die Familie, Freunde, Bekannten und Nachbarn, dass dies ihr kleiner „Planet" war, wo sie die Möglichkeit hatte, und nicht nur eine, diese Welt zu einem besseren Ort zu machen. Ohne Zweifel gab es viele Menschen, die so oder ähnlich dachten. Die in Frieden leben wollten und sich eine gute Zukunft für ihre Lieben und die Menschheit wünschten. Wenn all diese Menschen ein Zeichen setzten und ihre kleine Welt zu etwas Besonderem machten, ja dann wäre schon ein großer Schritt getan. Der kleinen Frau wurde bewusst, dass jeder das Glück dieser Erde ein Stück weit in eigenen Händen hielt. „Ich kann verantwortungsbewusst, gut, tolerant, freundlich, hilfsbereit, gebend sein. Es liegt in meinem Einflussbereich, wie ich mit meiner Umwelt, mit meinen Mitmenschen umgehe. Auf jeden einzelnen Beitrag kommt es an. Mein Dazutun und Bemühen machen einen Unterschied." Diese Gedanken zauberten ein Lächeln auf das Gesicht der kleinen Frau. Eine zarte Berührung ließ sie die Augen aufschlagen. „Ich muss wohl ein wenig eingeschlafen sein." Ein kleiner Bub schaute sie neugierig an und sein breites Lächeln traf die kleine Frau mitten ins Herz. „Ja, für die Kinder dieser Welt muss die Erde ein lebenswerter Ort bleiben."

Die kleine Frau und der Blick in den Spiegel

Eine weitere Erkenntnis wanderte in den Rucksack der kleinen Frau und machte so ihr Leben wieder um einiges leichter. Jedoch musste sie erstaunt feststellen, dass die echte Herausforderung in der Umsetzung lag. Erst wenn neu gewonnene Einsichten im Alltag integriert und tagtäglich gelebt wurden, waren sie wirklich hilfreich und nützlich. Was in der Praxis gar nicht so einfach war, wie sich noch herausstellen sollte.

Für die kleine Frau war Heimat nicht etwas Einmaliges, Unverrückbares, nein, ihren Erfahrungen nach war dieser Begriff nicht ortsgebunden. Die unterschiedlichsten Plätze auf dieser Welt hatte sie schon bewohnt und mit allen war sie heimatlich verbunden. Eines Tages, als ihre Lebensringe bereits eine beträchtliche Anzahl aufwiesen, stand sie nochmals vor dem Abenteuer eines Neubeginns. Da ja bekanntlich jedem Anfang ein Zauber innelag, begab sich die kleine Frau vertrauensvoll und mit Begeisterung auf die Suche nach einem neuen Zuhause. Ein günstiger Zufall führte sie gleich zu Beginn ihrer Erkundungsreise an einen Ort, den sie augenblicklich als den für sie richtigen erkannte. Ein heimeliges Häuschen am Rande einer kleinen Siedlung hatte ihr Herz erobert, noch bevor sie dessen Räumlichkeiten betreten hatte. Schon vom ersten Moment an fühlte sie sich stark mit diesem Fleckchen Erde verbunden. Die wenigen Häuser in der unmittelbaren Umgebung waren wie Farbkleckse in die Natur getupft. Die Farbkombinationen der einzelnen Anwesen zauberten ein hübsches Gemälde in die Landschaft, ein kunterbuntes Durcheinander an Farben und Formen.

Die reizvolle Gegend hatte ihr die Entscheidung leicht gemacht und intuitiv spürte sie, was sich nach wenigen Wochen bewahrheitete. Gute nachbarschaftliche Beziehungen wurden hier noch gelebt. Die Menschen waren füreinander da. Hilfsbereit und offen kamen sie der kleinen Frau entgegen. Sie liebte die Ruhe und den Frieden, die dieser Ort ausstrahlte, und noch mehr die Kinder, die diesem Platz eine herzerwärmende Lebendigkeit gaben. Nur ein Haus in dem kleinen Weiler passte irgendwie nicht in das fröhliche Bild. Es stand grau und verlassen ganz am Ende der Straße.

Die kleine Frau hatte ihr Häuschen im Winter erworben und zu diesem Zeitpunkt bedeckte eine dicke Schneeschicht den Garten rund ums Haus. Die Bäume, Sträucher und Blumenbeete waren bloß in ihren Konturen erkennbar. Was das Frühjahr daraus hervorzaubern würde, konnte sie nur erahnen. Der Frühling hielt dann, was sich die kleine Frau davon versprochen hatte. Nein, er übertraf es sogar. Sooft es ihr möglich war, hielt sie sich draußen auf, bewunderte die Blumenpracht und ließ sich von den zarten Düften betören.

Vom Garten aus in südlicher Richtung hatte die kleine Frau einen wundervollen Ausblick über die Hügellandschaft ihrer Umgebung. Sie liebte es, auf der Bank vor dem Haus zu sitzen und in das Land hineinzuschauen. „Hier fühle ich mich rundum wohl."

Versunken in das Bild, das sich vor ihr ausbreitete, wanderten ihre Gedanken zurück in die Vergangenheit. An den Ort ihrer Kindheit. Die kleine Frau sah es zeitlebens als einen besonderen Glücksfall an, dass ihr Geburtsort im Herzen eines zauberhaften Kontinents lag. Ihre Heimat war ein kleines Land mit hohen Bergen, romantischen Tälern, rauschenden Flüssen und verträumten Seen. Immer noch fühlte sie sich stark mit ihrem Herkunftsland verbunden. Sie liebte jedoch auch die Fremde, die ihr nie lange fremd blieb, sobald sie irgendwo angekommen war. Überall sah sie das Schöne und Besondere und konnte sich beim besten Willen nicht entscheiden, wo auf der Welt es am schönsten war. „Überall ist es schön, nur eben anders schön", war ihre Überzeugung. Hier auf der Bank vor dem kleinen Haus mit Blick auf die grünen Wälder und Felder spürte sie, wie die Verbundenheit mit ihrer neuen Heimat mit den Ursprungswurzeln und den im Laufe der Zeit gewachsenen zahlreichen Heimatwurzeln verschmolz.

Noch ein wenig ihren Gedanken nachhängend, ging die kleine Frau zurück ins Haus. Hunger hatte sie ins Haus gelockt und so stieg sie gleich in den Keller hinunter, um ihre Vorräte zu durchforschen. Beladen mit Gemüse und Kartoffeln betrat sie die Küche, nahm noch restliche Zutaten aus dem Kühlschrank und machte sich an deren Zubereitung. Dabei fiel ihr Blick nach draußen auf die Straße und sie bemerkte, dass ein großer Lieferwagen vor dem Haus am Ende der Straße parkte. „Vielleicht sind wir ja demnächst vollzählig", dachte sie. „Schön, dass bald Leben in dieses verlassene Gebäude kommt. Es wirkt so traurig."

Gleich darauf hielt ein grauer Personenwagen vor dem Nachbarhaus. Ein großer, hagerer Herr stieg aus dem Gefährt. Ohne sich umzusehen, ging er mit steifen Schritten dem Haus entgegen, entriegelte das Türschloss und verschwand im Inneren. Und wie auf ein geheimes Zeichen hin begannen die Männer der Lieferfirma eilig allerhand Einrichtungsgegenstände ins Haus zu tragen. Nach und nach verschwanden Möbel, Kisten und Schachteln in diversen Größen und Formen im Haus. Ein paar Stunden später war der Spuk vorbei. Das Lastauto verschwand kurz bevor es zu dämmern begann und bald schien alles wie zuvor, doch irgendetwas hatte sich verändert. Die kleine Frau konnte nicht sagen, was anders war. Ein Gefühl, das sie nicht zuordnen konnte, breitete sich in ihr aus.

„Vielleicht ist eine kleine Jause willkommen", dachte sie und gemeinsam mit ihrem Hund machte sie sich auf, den Neuankömmling in der Siedlung willkommen zu heißen. Doch auf ihr Läuten wurde nicht geantwortet, alles blieb still im Haus, gerade so, als wäre es noch unbewohnt.

Nachdenklich kehrte die kleine Frau in ihr Heim zurück. Betrat das Wohnzimmer und blieb unschlüssig mitten im Raum stehen. Eigenartig, als sie aus dem Fenster schaute, konnte sie das Nachbarhaus ihr gegenüber kaum noch wahrnehmen. Weiter kam sie mit ihren Gedanken nicht, weil sich ihr Blick wieder ins Innere des Zimmers richtete und ihre Aufmerksamkeit auf einen kleinen Gegenstand gelenkt wurde, der unter dem Wohnzimmerschrank lag. Es war ein flacher Stein, den sie vor Jahren an der Südküste von England gefunden hatte. Sie hob ihn auf und betrachtete das schlichte Objekt ausgiebig. Damals hatte sie ihn unter unzähligen Steinen ausgewählt als Erinnerungsstück an schöne Tage. Bedächtig schloss sie die Hand um das Fundstück. Die Berührung der kühlen Oberfläche ließ vergangene Szenen wieder auferstehen. Das Rauschen des Meeres, das intensive Grün der Wiesen, den schmalen Pfad nahe der steil abfallenden Klippen, die innigen Gespräche, das Lachen ihrer Tochter, alles kam zurück und füllte den Raum. Deshalb war dieser Stein für die kleine Frau so besonders wertvoll und einzigartig, wie die Geschichte, die sie damit verband. Sie schaute sich aufmerksam um. Dieses Zimmer mochte sie von all den Räumen in ihrem Haus am liebsten. Es enthielt ein Sammelsurium von unvergleichlichen Ereignissen, bunten Erlebnissen und herzlichen Begebenheiten in Form von kleinen, unscheinbaren Dingen. Viele Gegenstände rund um sie herum erzählten Geschichten, die der kleinen Frau das Herz wärmten. Jede Einzelheit in ihrem Wohnzimmer war ihr vertraut und sie liebte diese Vertrautheit.

Die kleine Frau machte es sich auf dem Sofa bequem und ließ ihren Kopf in die weichen Kissen sinken. Müdigkeit überkam sie. Sie schloss die Augen, und noch bevor sie ihren Gedanken eine Richtung geben konnte, glitt sie sanft auf eine Bewusstseinsebene, die die Grenzen der Realität aufhob.

Den Föhrenwald hat sie gerade hinter sich gelassen, als ihr beim Durchschreiten der kleinen Lichtung eine Hinweistafel auffällt, die sie zuvor noch nie gesehen hat. „Eigenartig, wohin die Beschilderung wohl führen mag?" Eilig schreitet sie darauf zu: „Haus der Vergangenheit". Der Pfeil zeigt in Richtung Norden. Diesen Teil des Waldes hat sie bisher noch nie betreten, da er stark verwachsen und wenig einladend aussieht. Neugierig geworden, folgt sie nun dem Pfad, der zwischen dem Gestrüpp auf eine Anhöhe führt. „Ob ich dort ein Museum vorfinde oder eine Ausstellung, die sich mit der Vergangenheit dieser Gegend beschäftigt?" Erwartungsvoll beschleunigt sie ihre Schritte und entdeckt in der Mitte eines weitläufigen Plateaus ein Holzhaus. Erstaunt über das unscheinbare Äußere des Gebäudes nähert sich die kleine Frau der Hütte. Auf dem Balken über dem Eingang sind die Worte „Haus der Vergangenheit" in das Holz geschnitzt. „Die Vergangenheit scheint sich nicht viel aus Glanz und Prunk zu machen, denn das Haus wirkt eher unscheinbar und schmucklos."

Die kleine Frau betritt zögerlich den Innenraum und sieht sich um. Keine Ausstellungsobjekte, keine Bücher, nichts. Erstaunt fragt sie sich: „Was hat dieses Haus mit der Vergangenheit zu tun?" Merkwürdigerweise ist der Raum außer einem Spiegel komplett leer. Er hängt, umgeben von einem kunstvoll gestalteten Rahmen, an der Wand. Seine magische Ausstrahlung zieht die kleine Frau wie ein Magnet an. Sie nähert sich dem Kunstwerk und richtet ihren Blick auf das Spiegelbild. Doch das Spiegelglas verdunkelt sich, so als würde es seine Tore schließen. „Wie lautet das Passwort?" „Passwort?", antwortet die kleine Frau, „ich kenne kein Passwort. Mir geht es darum, zu verstehen." Kaum hat sie diese Worte ausgesprochen, erhellt sich das Spiegelglas und es erscheint ihr Spiegelbild.

Zwei lächelnde Augen schauen ihr aus dem Spiegel entgegen, die mit ruhigem Blick das schon etwas runzelige Gesicht betrachten. Je länger sich die kleine Frau so anschaut, desto mehr fallen ihr die kleinen Zeichen der Zeit auf, die sich mit den Jahren in ihrem Gesicht niedergelassen haben. Hier ein kleiner Fleck, da ein paar Fältchen. All die kleinen Spuren, diese vertrauten Zeichen des Wachsens und Reifens, sind lieb gewonnene Wegbegleiter. Ihr Blick dringt tief in das Spiegelbild ein und mit einem Mal kommen sie alle zurück. Ihr Ebenbild beginnt sich langsam zu verändern. Die kleine Frau kann sehen, wie die Falten verschwinden und sich die Haut glättet, bis sie wieder dem kleinen Mädchen in die Augen blickt mit seinen vielen Hoffnungen und Wünschen, mit seiner unbändigen Lust zum Spielen, mit seiner bunten Fantasie, mit seiner starken Verbundenheit zu all den ihm nahestehenden Menschen und einer enormen Sehnsucht nach Miteinander und Harmonie. Aus dem Hintergrund tauchen seine drei Schwestern im Spiegel auf und mit einem Mal kann es wieder die innige und tiefe Verbundenheit spüren, die in seiner Kindheit so allgegenwärtig gewesen ist. Das Herz der kleinen Frau beginnt zu hüpfen, als sie hinter den vier Mädchen ihren Vater erkennen kann. Der Vater, der seine Kinder immer spüren ließ, dass sie geliebt, angenommen, beschützt und aufgehoben waren. Ein liebevoller, geduldiger und einfühlsamer Vater, wie ihn jedes Kind verdient. Eine Welle der Dankbarkeit breitet sich in der kleinen Frau aus.

Allmählich fängt das Bild an sich aufzulösen und ihr Blick begegnet nun der jungen Frau mit ihren Träumen und Visionen, mit ihrem starken Verantwortungsbewusstsein, mit ihrem unermüdlichen Einsatz für Familie und Kinder, mit ihren immer wiederkehrenden Zweifeln, mit ihrer fortwährenden Suche nach Glück und Zufriedenheit. Die kleine Frau erkennt im Spiegel eine junge, zielstrebige Frau, die ihren Blick entschlossen in die Zukunft richtet. Sie sieht ihr Bemühen, immer das Beste geben zu wollen, aber auch ihr Scheitern. Sie sieht die Freude über das Gelingen und die Trauer über das Versagen. Ein zwiespältiges Gefühl durchfährt die kleine Frau. Sie weiß, dass dieser Abschnitt ihrer Vergangenheit noch nicht abgeschlossen ist.

Noch einmal verwischen sich die Konturen und sie sieht in die Augen der reifen Frau mit ihrer inneren Gelassenheit, mit ihrem festen Zutrauen zu sich selbst, mit ihrem vertrauensvollen Umgang mit all den Menschen, die ihr begegnen. „Eine wunderbare Zukunftsvision. „Nur, wie komme ich dorthin und welcher Einsatz ist dafür erforderlich?" Doch bevor die kleine Frau auf ihre Frage eine Antwort erhält, verdunkelt sich der Spiegel und schließt seine Tore.

Dann erwachte die kleine Frau und war ganz benommen von diesem aufwühlenden Blick in den Spiegel. „In welch seltsamen Träumen ich mich manchmal wiederfinde, ist schon erstaunlich." Sie rappelte sich auf und verließ ihr gemütliches Lager. Die Reise in die Vergangenheit hatte sie ziemlich durcheinandergebracht und machte sie nachdenklich. „Was ist aus meinen Träumen geworden? Habe ich noch eine Aufgabe zu erfüllen?"

Sie ging in die Küche und blickte durch das Fenster über der Spüle in die Landschaft hinaus. Es war jetzt schon fast dunkel und sie konnte nur mehr die Konturen der Landschaft wahrnehmen. „Wie ich diesen Ausblick liebe", dachte sie bei sich. Gedankenverloren strich sie über das Holz des Küchenschrankes, fuhr mit den Fingern die Maserung entlang und spürte die Verbundenheit zu ihrer kleinen Welt.

Sie bereitete sich eine Tasse Tee zu und ging damit die wenigen Schritte ins Esszimmer. Genüsslich trank die kleine Frau Schluck für Schluck. Zufrieden lehnte sie sich im Stuhl zurück und betrachtete ihr Spiegelbild im Fenster. „Was hat mich zu dem gemacht, was ich heute bin?", fragte sie sich erstaunt. „Schon eigenartig, wie sich Lebensgeschichten entwickeln. Wie viele Faktoren darauf einwirken und welche Rolle der Zufall spielen mag?" Aufgrund allerlei Vorkommnissen, die sich in letzter Zeit häuften, hatte sie begonnen, ihr Dasein und ihre Entwicklung genauer unter die Lupe zu nehmen. Eigentlich hatte die kleine Frau nie groß über sich selbst nachgedacht, jetzt verspürte sie überraschend Lust dazu.

Wenn sie auf ihr Leben zurückschaute, tauchten die unterschiedlichsten Erlebnisse aus der Vergangenheit auf. Im Laufe der Jahre hatten sich diese Erfahrungen und Ereignisse zu einem bunten Teppich verknüpft. Er war die Basis, auf der sich das Leben der kleinen Frau aufbaute. „Eigentlich war mir bisher nie so richtig bewusst, dass mein Leben ein gutes war, auch wenn so manche Herausforderung den Weg nicht immer einfach gestaltete. So war es mir doch möglich, auch dunkle Täler zu durchschreiten und dabei das Licht am Talausgang nicht aus den Augen zu verlieren. Zuversicht, Vertrauen, Lebensfreude, Liebe und auch ein Quäntchen Glück waren meine Wegbegleiter, damit hatte ich schon von klein auf gute Karten." Diese Erkenntnis ließ die kleine Frau sehr demütig werden. „Nicht jeder ist vom Schicksal so begünstigt."

Ein sanfter Stups riss sie aus ihren Gedanken. Liebevoll strich sie über den Kopf ihres Hundes, der sie zu einem Abendspaziergang überreden wollte. „Ja, das ist jetzt genau das Richtige. Frische Luft und Bewegung." Sie nahm die Leine, zog sich ihre warme Jacke über und marschierte los. Zufrieden kehrte sie zurück und genoss ganz bewusst den Rest des Abends.

Der nächste Tag hielt etwas Seltsames und ihr Unbekanntes bereit. Gleich am Morgen noch während des Frühstücks drangen laute, aufgeregte Stimmen von der Straße ins Zimmer. Herr Kamper, der neue Nachbar, machte lautstark seinem Unmut Platz. Ein abgestelltes Fahrzeug am Wegrand war der Auslöser. Ihm ging das gegen den Strich. Obwohl er ungehindert vorbeifahren konnte, ließ er nicht locker und bestand darauf, das Auto zu entfernen. Er verbreitete eine Atmosphäre der Aggressivität, wie sie bisher noch nie in dem kleinen Weiler spürbar gewesen war. Nie zuvor hatten hier Groll, Streit und Wut derart ungebremst ihren Ausdruck gefunden. Traten Unstimmigkeiten auf, so wurde versucht durch Gespräche eine Lösung oder für beide Seiten einen Kompromiss zu finden, und das hatte bis jetzt gut funktioniert. Nun schien die Lage anders zu sein. Bereits am nächsten Tag war erneut von einer schlimmen Auseinandersetzung zu hören. Diesmal betraf es den nördlichen Nachbarn von Herrn Kamper. Überall kam es zu Beanstandungen und Beschimpfungen durch den Neuankömmling. Er nahm es sehr genau mit Vorschriften und Gesetzen, alles musste exakt nach Regeln ablaufen. „Wo würde die Welt hinkommen, wenn nicht alles korrekt geregelt wäre?" Rechthaben und Rechtbekommen waren Fähigkeiten, die Herr Kamper bis zur Perfektion beherrschte. Sein Rechtsempfinden konnte von Außenstehenden selten nachvollzogen werden, deshalb war es auch schwierig, zu einer Verständigung zu gelangen. In letzter Zeit hatte Herr Kamper begonnen, Zäune, Absperrungen und Ketten um sein Grundstück zu ziehen. Das Haus wirkte abweisend und unzugänglich, wie eine kleine Festung.

Der kleinen Frau wurde ganz mulmig zumute. Bisher war ihr dieser Platz wie ein Eckchen vom Paradies vorgekommen, nun aber häuften sich die Vorfälle und sie wurden immer schlimmer. „Wie kann ein einzelner Mensch so viel Unfrieden und Unruhe in eine Gemeinschaft bringen? Was sind seine Ziele?" Die kleine Frau konnte sich nicht vorstellen, warum dieser Mann so handelte. Sie wusste natürlich, dass das Leben nicht nur aus Sonnenschein und Harmonie bestand, doch derartige Verhaltensweisen waren ihr fremd. „Ein Leben in ständiger Auseinandersetzung mit dem ganzen Umfeld zu führen, wie kräftezehrend das sein muss. Schade, hier verlieren alle." Für einige Zeit legte sich über die ganze Siedlung eine gedämpfte Stimmung. Niemand fand Zugang zu Herrn Kamper. Gespräche endeten stets auf die gleiche Art und Weise, ohne jede Wirkung, weit entfernt von einer Lösung. Irgendwie schienen alle ratlos. Auch die kleine Frau fühlte sich hilflos, denn ihre Vermittlungsversuche verliefen ebenso im Sand wie alle vorher gestarteten Verhandlungen zur Beruhigung der Lage. Immer verschlossener und verbissener ging Herr Kamper seiner Wege. Das Miteinander in der kleinen Siedlung hatte stark gelitten, denn nun gab es zwei Seiten und es schien keine Verständigung zwischen den beiden möglich.

Die kleine Frau bedauerte die Entwicklung der Dinge sehr. Das Zusammenleben in der kleinen Gemeinde war massiv gestört und sie merkte, wie ihre Ablehnung Herrn Kamper gegenüber wuchs. Als die Dinge immer mehr eskalierten, waren sich alle einig, niemand wollte mehr etwas mit Herrn Kamper zu tun haben. Alle gingen ihm aus dem Weg. Zu diesem Zeitpunkt kam es der kleinen Frau vor, als würde das Haus ihres Nachbarn immer mehr an Farbe verlieren, ganz so als wollte es sich auflösen. Manchmal, wenn sie aus dem Fenster sah, konnte sie es kaum noch ausmachen.

Die kleine Frau war mit ihrer Weisheit am Ende. „Wie kann hier noch eine Veränderung herbeigeführt werden?" Sie suchte das Gespräch mit Freunden und ihr nahestehenden Personen, doch auch diese kamen zu dem Schluss, dass es nicht möglich sei, hier von außen irgendwie einzuwirken. Niemand konnte einseitig eine Veränderung herbeiführen, es brauchte immer beide Seiten dazu.

Traurig lag die kleine Frau in ihrer Hängematte unter den zwei alten Apfelbäumen und dachte an die Zeit zurück, als das Leben hier noch einfach und angenehm gewesen war. Das leichte Schaukeln hatte eine beruhigende Wirkung und versetzte sie in einen Zustand der Entspannung. Die Blätter der Bäume taten mit ihren leichten Bewegungen im Wind das Übrige. Losgelöst von all den bedrückenden Gedanken fielen der kleinen Frau die Augen zu und das Tor in die Traumwelt tat sich auf.

Sie befindet sich auf ihrem morgendlichen Spaziergang mit dem Hund. Die kleine Frau hat wie gewöhnlich den Feldweg Richtung Marienstein eingeschlagen. Eingehüllt in eine dicke Wolljacke marschiert sie zügig der Sonne entgegen. Als sie in den Waldweg einbiegt, zieht sie die Jacke enger um sich, da ihr ein kühler Wind entgegenbläst. Was sich in den nächsten Minuten ereignet, ist derart erstaunlich, dass die kleine Frau am ganzen Körper erschaudert.

Ein Stück hinter der Wegbiegung kommt ihr Herr Kamper entgegen. Wie immer mit einem feindselig verschlossenen Gesichtsausdruck und den Blick auf den Boden geheftet. Die kleine Frau kann sich an diesen Anblick auch nach Monaten des Nebeneinanderlebens nicht gewöhnen. Für sie ist es schrecklich, wenn jemand aus einer Gemeinschaft ausgeschlossen ist. „Vielleicht kommt ja der Tag noch, an dem sich etwas ändern wird." Sie nimmt ihren Hund ein wenig zur Seite, um ihren Nachbarn in seinem sturen Dahinschreiten nicht zu behindern. Wenige Schritte, bevor sich ihre Wege kreuzen, fällt ihr Blick auf die Brust von Herrn Kamper. Für einen kurzen Moment glaubt sie, ihr Herz bliebe stehen. Es verschlägt ihr den Atem, ihre Augen starren wie gebannt auf seinen Oberkörper, bis er an ihr vorübergegangen ist. Sie selbst bleibt stehen und kann sich einen Augenblick lang nicht mehr rühren. Was sie da gesehen hat, tut ihr in die Seele hinein weh. Herr Kamper ist ungerührt weitergegangen. Er hat offenbar nichts bemerkt, aber die kleine Frau steht da wie vom Blitz getroffen. Sein Herz, sie hat direkt in sein Herz gesehen. Es ist mit Wunden übersät. Viele tiefe, alte und neue Verletzungen entstellen dieses Menschenherz, sodass es kaum mehr in seiner

Form erkennbar ist. Die kleine Frau ist erschüttert, denn sie hat nie darüber nachgedacht, was ihren Nachbarn zu dem gemacht hat, was so vordergründig sichtbar ist.

Benommen setzt sie ihren Weg fort und bemerkt, dass sie, ohne sich dessen bewusst zu sein, den Weg zum Haus der Vergangenheit eingeschlagen hat. Sie muss einen Blick in den Spiegel werfen. Vielleicht findet sie in der Vergangenheit eine Erklärung. Hastig steigt sie den schmalen Pfad hinauf. Auf der Anhöhe angekommen beschleunigt sie ihre Schritte nochmals und eilt dem Haus entgegen. Ganz außer Atem betritt sie den Raum und geht geradewegs auf den Spiegel zu. Wie auch schon beim ersten Mal ist das Spiegelglas dunkel. In kurzen abgehackten Sätzen erzählt sie von ihrer Begegnung mit Herrn Kamper und den vorangegangenen Schwierigkeiten. „Wie lautet das Passwort?" Die kleine Frau weiß noch immer nicht, was es mit diesem Passwort auf sich hat. „Ich möchte die ganze Situation und Herrn Kamper einfach nur besser verstehen. Es geht mir vor allem um Verständigung. Die Oberfläche des Spiegels wird hell und sie kann einen kleinen Buben erkennen, der ganz allein und abseits seiner Familie steht und sich ängstlich nach allen Seiten umdreht. Er sieht seinen Vater auf sich zukommen und erstarrt. Der Sohn hat wieder einmal die Regeln nicht befolgt und wartet auf seine Strafe. Der Vater stürmt wutentbrannt auf seinen Sohn zu und macht den Buben vor aller Augen nieder. Er beschimpft ihn als Tölpel und Nichtsnutz. Der kleine Bub beginnt zu zittern und will zu seiner Mutter flüchten, jedoch auch sie getraut sich nicht zu ihrem Sohn zu stehen. So hält er seinen Kopf auf die Pflastersteine gesenkt und wappnet sein Herz mit einem dicken Panzer.

Das Bild verschwimmt, löst sich in seine Einzelteile auf. Die nächste Szene gibt den Blick in ein Klassenzimmer frei. Ein Kind steht abseits und starrt auf eine Gruppe von Gleichaltrigen. Laute Gesprächsfetzen und Gelächter füllen den Raum, nur der groß gewachsene, schlaksige Bub steht unbeteiligt an der Rückwand des Raumes. Der Lehrer betritt das Klassenzimmer, alle begeben sich auf ihre Plätze. Die Kinder nehmen rege und eifrig am Unterricht teil, nur eines sitzt unbeteiligt in der letzten Bank, so als gehöre es nicht dazu. Die kleine Frau kann sehen, wie einsam und unverstanden sich der Bub fühlt.

Ein neuer Schauplatz wird sichtbar. Ein rebellischer Jugendlicher bricht im Streit mit seinen Eltern und geht unzufrieden und unglücklich seiner Wege. Unverstanden und in seine Welt versunken wird sein Verhalten gegenüber dem Umfeld immer abweisender. Er zieht sich mehr und mehr in sich zurück und versucht sein Herz mit einer dicken Schicht aus Unnahbarkeit zu schützen. Jedoch vermag auch sie nicht, weitere Verletzungen abzuhalten und so kommt es, dass noch viele leidvolle Erfahrungen sein Herz verstümmeln. Mitgefühl durchströmt die kleine Frau, Mitgefühl für dieses malträtierte Herz, seinen Besitzer und seine Geschichte. „Wie kann hier geholfen werden?", ist ihr erster Gedanke. Jedoch weiß sie aus Erfahrung, dass ihr Nachbar keine Menschenseele an sich heranlässt. „Aber es muss eine Möglichkeit geben."

Dann erwachte die kleine Frau und dachte lange über die Traumgeschichte nach, die sie mehr als nur berührte. „Wie auch immer die wahre Geschichte aussehen mag. Mit großer Wahrscheinlichkeit ist seine Lebensgeschichte nicht so günstig verlaufen wie meine." Bei diesen Überlegungen wandelte sich die Ablehnung Herrn Kamper gegenüber in Mitgefühl. Vermutlich hatte er nicht das Ausmaß an Liebe, Verständnis, Geduld und Glück erfahren, um dem Leben vertrauensvoll entgegentreten, um selbst Herzlichkeit, Wärme, Zuneigung, Innigkeit leben und geben zu können.

Die kleine Frau stieg aus der Hängematte und ging zurück ins Haus. Sie hatte sich vorgenommen, alle negativen Gefühle Herrn Kamper gegenüber beiseitezulassen und wieder unvoreingenommen auf ihn zuzugehen. Mit einem Mal war sie sich sicher, dass eine Veränderung möglich war, denn eine wesentliche war gerade geschehen. Ihre Einstellung hatte sich gewandelt. Sie konnte andere Menschen nicht ändern, aber wie sie den Menschen begegnete, war ganz allein ihre Entscheidung. „Meinen Teil will ich dazu beitragen." Bei diesem Gedanken durchströmte die kleine Frau eine Leichtigkeit, die sie mit Zufriedenheit und Dankbarkeit erfüllte.

Ein paar Wochen später hatte sich rein äußerlich betrachtet nicht viel geändert, doch spürbar war etwas anders geworden. Für die Veränderung konnte die kleine Frau vorerst keine Erklärung finden. Auf einem Gang durch ihren Garten bemerkte sie, dass das Nachbarhaus an Farbe gewonnen hatte. „Eigenartig, das Haus wirkt hübscher, gerade so, als hätte es ein neues Kleid übergestreift." Ihr Blick wanderte über das gegenüberliegende Anwesen und dabei bemerkte sie etwas äußerst Ungewöhnliches. Herr Kamper saß, im grauen Anzug, auf dem Boden an die Hauswand gelehnt und streichelte einen neben ihm liegenden Hund. Vertrauens- und liebevoll, wie es Kinder und Hunde besonders gut können, blickte der Welpe dem Nachbarn in die Augen. Dieser trug ein Lächeln im Gesicht, das mehr aussagte als tausend Worte. Ein Hund hatte sein Herz erobert.

Die kleine Frau und ein wirklich guter Freund

Freudig öffnete die kleine Frau den Rucksack und verstaute die hinzugewonnene Einsicht, schulterte den Ranzen und marschierte erleichtert weiter. Der Weg gestaltete sich immer interessanter und die Neugier der kleinen Frau wuchs mit jeder Etappe.

Wer viel unterwegs war, traf viele Menschen, und die kleine Frau liebte diese Begegnungen. Aus ihnen entwickelten sich zuweilen freundschaftliche Beziehungen. Freundschaft war für die kleine Frau ein unverzichtbarer Bestandteil ihres Lebens. Die Gabe, auf Menschen zuzugehen, wurde ihr in die Wiege gelegt und von diesem Talent machte sie reichlich Gebrauch. Freunde fand die kleine Frau fast überall, allerdings machte sie auch schon früh die Erfahrung, dass Freundschaft nicht gleich Freundschaft war. Aus einigen wenigen dieser Begegnungen entwickelte sich eine lebenslange Verbundenheit, anderen war nur eine bestimmte Zeitdauer beschert. Aber was Freundschaft wirklich bedeutete, sollte sie im Laufe ihres Lebens noch erfahren.

Die Jugendzeit war für die kleine Frau die Zeit der Wanderschaft. In dieser Zeit drängte es sie hinaus aus dem Dorf in die Ferne. Sie wollte die große, weite Welt erkunden und in fremde Kulturen eintauchen. Neugierig, wie die kleine Frau war, wollte sie entdecken, Neues sehen und hören. Alles Fremde hatte immer schon eine große Faszination auf die kleine Frau ausgeübt. Deshalb fasste sie den Entschluss, das Dorf für eine Weile zu verlassen, um zu sehen, wie es sich woanders leben ließ. Sie sagte den ihr wohlbekannten Menschen Lebewohl und machte sich auf ihren Weg.

Die Wanderjahre waren für die kleine Frau eine aufregende Zeit. Immer wieder begegnete sie neuen Menschen und war fasziniert von ihren vielfältigen und bunten Lebensgeschichten. Keine dieser Erzählungen glich der anderen. Alle Menschen hatten ihre Träume und Vorstellungen vom Leben und der Zukunft, genau wie die kleine Frau selbst.

Wenn es auch nur ein kurzes Hinausgehen in die große Welt war, so hat es doch das Herz der kleinen Frau für die Welt da draußen für immer geöffnet.

Als die kleine Frau nach einigen Jahren des Wanderns wieder zurück in ihr Dorf kam, wurden die alten Freundschaften aufgefrischt und neue geknüpft. Aus einer kunterbunten Schar von Jung und Alt entwickelte sich eine lustige Runde, die die Feste feierte, wie sie gerade fielen. Was der kleinen Frau an dieser Gruppe am besten gefiel, waren die Heiterkeit und der Spaß, die sie gemeinsam erlebten. Das Lachen kam niemals zu kurz, denn das war etwas, das die kleine Frau überaus liebte. Sie lachte für ihr Leben gern und hatte oft selbst allerlei Unsinn im Sinn.

Aber wie fast in jedem Dasein kam eine Zeit, in der sie glaubte, an den Herausforderungen des Lebens zu zerbrechen. Schmerzhafte Ereignisse hoben ihre Welt aus den Angeln. Sie fühlte sich unglücklich und verlassen. In dieser Zeit wurde es ziemlich ruhig um sie. Da hätte die kleine Frau ganz dringend Menschen um sich gebraucht, die sie ein wenig stützten, auffingen und wieder aufrichteten. „Ich habe einen großen Bekannten- und Freundeskreis. Treffe mich mit den unterschiedlichsten Leuten und habe mich auch immer zugehörig gefühlt. Doch nun scheint alles anders zu sein." So zog sich die kleine Frau immer mehr zurück und wartete. Worauf wusste sie nicht genau. Bis sie eines Nachts aus einem sonderbaren Traum erwachte.

Die kleine Frau geht einen Flur entlang und versucht sich zu erinnern, wann sie das letzte Mal hier war. Sie kennt die Räumlichkeiten, jedoch liegt der Besuch schon Jahrzehnte zurück. Damals hat sie an einer Führung teilgenommen. Das Schloss, eine echte Touristenattraktion, ist weltberühmt. „Wie komme ich hierher?" Beim Vorübergehen fällt ihr Blick in einen Spiegel. Erschrocken hält sie inne. Aus dem Spiegel sieht ihr eine junge Frau entgegen, die ein märchenhaft schönes Kleid trägt. Gefangen von ihrer eigenen Erscheinung, steht sie starr in dem mit unzähligen Kerzen erleuchteten Gang. „Ist hier jemand?" Ein lautes Pochen am Eingangstor reißt die kleine Frau aus ihren Gedanken. „Wo kann ich mich verstecken?" Doch noch ehe sie mit ihren Überlegungen fertig ist, kommt aus einem Zimmer angrenzend an die Eingangshalle ein Page und eilt mit schnellem Schritt Richtung Tür. Draußen steht eine lustige Gestalt in einen Umhang gehüllt, die über und über mit bunten Federn bedeckt ist. Im Gesicht trägt sie eine Vogelmaske. Der Diener verneigt sich tief und bittet den Unbekannten mit den Worten „Herr, der Ball wird gleich eröffnet" herein. Mit federnden Schritten kommt die Vogelgestalt auf die kleine Frau zu, reicht ihr ihren Arm und bittet sie, mit ihr zu kommen. Sie hasten die Gänge kreuz und quer durch das halbe Schloss. Nachdem sie eine breite Treppe ins Obergeschoss hinter sich gelassen haben, verliert die kleine Frau komplett die Orientierung. Es scheint ihr, als nähme der Weg zum Ballsaal kein Ende. Das aufwendig geschneiderte Kleid übersät mit unzähligen kleinen Edelsteinen engt die kleine Frau ein und so hat sie Mühe mit ihrem Begleiter Schritt zu halten. Sie verwünscht diese körperfeindliche Mode und kann gut verstehen, warum die Damen in früheren Zeiten reihenweise in Ohnmacht gefallen sind. Sie ist auch nahe daran, erschöpft niederzusinken. Doch just in dem Moment stehen sie vor einem übergroßen Portal, zwei Lakaien öffnen die beiden Türflügel und kündigen den Vogelprinz und seine Begleitung an. Der ganze Ballsaal ist voll maskierter Personen, die erwartungsvoll die Neuankömmlinge fixieren. Die kleine Frau ist überwältigt und auch ein wenig befangen. Noch niemals zuvor hat sie so viele prunkvolle und extravagante Kostüme gesehen. Ihr Vogelprinz hebt die Hand und augenblicklich beginnen sich die Paare graziös zur Orchestermusik zu bewegen. Fasziniert starrt die kleine Frau auf dieses Schauspiel. Mit einer sanften Berührung bittet sie die Vogelgestalt zum Tanz. Sie bewegen sich durch die tanzende Menge und dabei fällt der kleinen Frau auf, dass sie die Einzige ist, die keine Maske trägt. Und was die kleine Frau noch mehr verwundert, ist, dass alle anderen eine Einheitsmaske tragen. Viele lächelnde Gesichter blicken ihr entgegen. Doch trotz der gleichen Masken glaubt die kleine Frau die Menschen darunter zu erkennen. Es sind Gesten oder Wortlaute oder die Gangart oder sonstige Eigenheiten, die ihr an ihren Freunden und Bekannten immer wieder einmal auffielen. „Ist hier mein ganzer Freundes- und Bekanntenkreis versammelt?" Die kleine Frau will gerade den Vogelprinz um eine Erklärung bitten, als dieser sie um den nächsten Tanz bittet und wieder auf das Parkett führt. Sie steht heute im Mittelpunkt, hat doch der Gastgeber sie auserkoren und für den heutigen Abend zur schönsten Frau des Balles gekürt. Die tanzenden Paare um sie herum sind begeistert, machen Komplimente, klatschen in die Hände, lassen die kleine Frau hochleben. Auch sie selbst ist von ihrer Rolle als Prinzessin angetan und liebt es, umworben zu werden. Doch immer wieder hat sie das Gefühl, dass hier etwas nicht stimmt. Je weiter das Fest fortschreitet, umso ausgelassener wird die Gesellschaft und bei einer gewagten Tanzeinlage passiert es dann. Die kleine Frau rutscht aus, schlittert über den Boden und reißt beim Versuch sich festzuhalten ein Tischchen mit Getränken um. Rotwein, Weißwein, Champagner und allerlei sonstige Säfte in den buntesten Farben ergießen sich über die kleine Frau. Sie liegt auf dem Boden und versucht aufzustehen, rutscht immer wieder aus und bleibt verzweifelt liegen. Verstört blickt sie um sich und sieht zum ersten Mal in die Gesichter der um sie herumstehenden Personen. Die lächelnden Mienen sind verschwunden, die Masken gefallen. Einzelne Gesichter wirken unbeteiligt, andere schadenfroh, wieder andere überheblich, abweisend, kühl, distanziert, reserviert und nur ganz wenige wirklich betroffen und mitfühlend. Zwei starke Arme heben sie vom Boden auf, sie dreht sich um und blickt dankbar in ein ihr bekanntes, strahlendes Gesicht.

Dann erwachte die kleine Frau und verstand. Sie verstand, dass wirklich gute Freunde eher rar gesät sind und man sich glücklich schätzen kann, einen davon an seiner Seite zu wissen. Speziell in schwierigen Situationen wurde einem bewusst, wer es aufrichtig meinte und auf wen man sich tatsächlich verlassen konnte. Es war nicht allen Menschen möglich, zu erkennen, wie es um den anderen stand. Nur wenigen war es möglich, ihr auch in der für sie düsteren Zeit zur Seite zu stehen, ihr wieder Mut und Zuversicht zu geben. Sie waren einfach da, hatten Zeit, hörten zu, hielten sie im Arm, zeigten Mitgefühl, begleiteten sie ein Stück des Weges.

Wernher, ein Freund, den sie schon von Kindheitstagen an kannte, war einer von ihnen. Mit ihm verband die kleine Frau eine tiefe Freundschaft, die von vielen bunt gemischten Gemeinsamkeiten in der Vergangenheit und der Gegenwart getragen wurde. Das Verständnis und das Einfühlungsvermögen ihres Freundes taten der kleinen Frau in der außergewöhnlichen Situation gut. Sie war glücklich über die aufrichtige Zuwendung und Unterstützung. Besonders die schwerste Zeit ihres bisherigen Lebens hat ihr deutlich vor Augen geführt, wie unentbehrlich Freunde sind.

Glücklicherweise gehen auch traurige Tage einmal vorüber und so hat das Positive im Leben der kleinen Frau wieder Einzug gehalten. Die Erfahrungen haben den Stellenwert von Freundschaft für die kleine Frau nochmals erhöht und so verstärkte sie ihrerseits ihre Bemühungen eine gute Freundin zu sein.

Nun stand der fünfzigste Geburtstag ihres Jugendfreundes vor der Tür und die kleine Frau sann lange und ausgiebig darüber nach, was man einem wirklich guten Freund schenken könnte.
    Es muss noch erwähnt werden, dass zu dieser Freundschaft eine Besonderheit gehörte. Die kleine Frau war Wernhers dreizehntbeste Freundin. Was sie immer sehr belustigte. Warum sie gerade auf der dreizehnten Stelle gelandet war, hat sie nie in Erfahrung gebracht. Da die Dreizehn für sie stets eine Glückszahl war und in

Verbindung mit Freundschaft nur etwas Gutes bedeuten konnte, spielte es weiter keine Rolle.

Um nun das richtige Geschenk für ihren Freund zu finden, durchstöberte sie die halbe Stadt, ohne fündig zu werden. „Was ist das für mich Wertvollste?", dachte sie und stellte fest, dass es die Zeit war, die sie mit anderen Menschen verbrachte. Also überlegte sie, was für eine besondere Zeit sie ihrem guten Freund schenken könnte, und da hatte sie eine lustige Idee.

An seinem fünfzigsten Geburtstag gratulierte ihm die kleine Frau sehr herzlich und verkündete, dass er sich bereithalten solle, denn die Geburtstagsüberraschung sei an ein bestimmtes Datum gebunden und sie würde ihm Bescheid geben. Am angekündigten Tag bat sie ihn, unter der Kleidung eine Badehose zu tragen. Werner kam schon voller Vorfreude zum Treffpunkt und erwähnte, dass er auch ein Handtuch mitgebracht hatte, als logische Ergänzung zur Badehose. Die kleine Frau lächelte und erwiderte: „Ja, das wirst du sicherlich gut gebrauchen können. Du kommst heute bestimmt noch ins Schwitzen." Da stutzte ihr Freund, konnte sich jedoch keinen Reim darauf machen und ließ es unkommentiert stehen. Sie gab als Ziel die nahe gelegene Stadt an und dort eine ihm unbekannte Adresse. Was er nun seinerseits mit einem Lächeln quittierte. Allerdings spürte die kleine Frau, dass ihr Freund unruhig wurde, und schon nach kurzer Fahrt wollte er wissen, wohin die Reise ging und vor allem, was ihn dort erwartete.

Die kleine Frau wusste, dass nun der Zeitpunkt gekommen war, das Geheimnis zu lüften: Er werde bei einem Wettbewerb der schönsten Männer im ganzen Land teilnehmen, verkündete sie. Abrupt stieg Werner auf die Bremse und brachte das Gefährt zum Stehen. Er konnte nicht glauben, was er da gehört hatte. Die kleine Frau war sich nicht sicher, ob er sich nun freute oder ob er diese Idee nicht so guthieß, wie sie es erwartet hatte. Ein plötzlich heftiger Lachanfall brach aus der kleinen Frau heraus, und da ihr Freund lauthals mit einstimmte, dachte sie: „Vielleicht liege ich mit meinem Geschenk doch nicht ganz daneben." Nach der ausführlichen Erklärung, dass es sich um einen Wettbewerb älterer Männer, konkret um Männer jenseits der fünfzig, handeln würde und er gute Chancen habe, legte sich die Nervosität ein wenig. Doch irgendwie gewann das Vorhaben für ihn deshalb nicht an Attraktivität.

So versuchte die kleine Frau es weiter mit verlockenden Schilderungen. Der Wettbewerb verlange von den Teilnehmern nichts Außergewöhnliches, versicherte sie ihm. Ein kurzer Auftritt in der Badehose, eine kleine Tanzvorführung oder eine einstudierte Kür, ganz nach Belieben und Können. Bewertet würde das Gesamtbild der Aufführung, also sein Äußeres und die Darbietung. Falls er noch etwas Besonderes, wie Akrobatik, Singen, Zaubertricks oder ähnliches beherrsche, könne er zusätzlich punkten. Die kleine Frau sah, wie Wernher verzweifelt versuchte heldenhaft aus dieser Situation auszusteigen, bekam erneut einen Lachanfall und konnte kaum noch an sich halten. Ungläubig schaute der Freund die kleine Frau an und schüttelte immer wieder seinen Kopf, dass ihm seine Locken nur so zu Berge standen. Das machte die ganze Situation so komisch, dass die kleine Frau aus dem Lachen nicht mehr herauskam. Sie konnte ihn gar nicht mehr anschauen, schon rannen ihr die Tränen über das Gesicht. Irgendwie musste sie ihm doch verständlich machen können, dass so ein Wettbewerb durchaus auch ein Vergnügen sein konnte. Vielleicht würde er ja im ganzen Land bekannt, vielleicht würde er sogar eine kleine Berühmtheit, ein Original sozusagen. Die Antwort ihres Freundes war eine Lachsalve, in die die kleine Frau gleich mit einstimmte.

Es komme ja nicht darauf an, der Beste oder Schönste zu sein, es zähle doch das Dabei-gewesen-Sein. Ihr Freund sah dies anders. Aber erneut ertönte schallendes Gelächter von beiden Seiten. Die kleine Frau hatte schon das Gefühl, das ganze Gefährt schüttelte sich vor Lachen.

Je näher sie der Stadt kamen, umso rastloser wurde Wernher. Die kleine Frau versuchte ihn zu beruhigen und versicherte ihm, dass doch alles in bester Ordnung sei. Er solle sich nicht zu viele Gedanken machen. Doch die Schweißperlen begannen langsam von der Stirn über das Gesicht ins T-Shirt zu tropfen und die Lockenpracht verlor zusehends an Fülle. Die kleine Frau wusste sich bald keinen Rat mehr. Auch wenn sie einkalkuliert hatte, dass er vor Freude nicht gerade jauchzen würde, war diese Entwicklung nicht vorhersehbar gewesen. „So ein Schönheitswettbewerb kann ganz lustig sein", versuchte sie es noch mal, „und er wird dir sicherlich noch lange in Erinnerung bleiben."

Bis jetzt hatte ihr Freund noch fleißig mitgelacht, jedoch bekam das Lachen nun einen leicht nervösen Unterton. Gleich teilte ihm die kleine Frau mit, dass sie ein paar der Jury-Mitglieder kenne, sodass er auf keinen Fall ohne Punkte aus dem Wettbewerb gehen werde. Auch diese Information trug nicht dazu bei, die Einstellung Wernhers zu ändern. Er fragte sie immer wieder, wie sie nur auf diese Idee gekommen sei. Er mochte Wettbewerbe überhaupt nicht und Schönheitswettbewerbe schon gar nicht. Nicht, dass er unsicher wäre, es war ihm einfach nur zu kindisch, all das Getue um Schönheit und Kraft. Sie wies ihn darauf hin, dass dieser Wettstreit im ganzen Land an jeder Anschlagtafel kundgemacht wurde und dass der erste Preis sehr ansehnlich sei. Aber die Begeisterung hielt sich weiterhin in Grenzen. Ihr Freund war sichtlich zerrissen. Er konnte sich für dieses Geschenk nicht wirklich erwärmen, das wurde der kleinen Frau jetzt wohl bewusst.

Nun waren sie schon beinahe in der Stadt und der Freund hin- und hergerissen, was er tun sollte. Als die kleine Frau merkte, wie schwer ihm die Entscheidung fiel, teilte sie ihm mit, dass sie ein Ersatzprogramm vorbereitet habe. Bis zum jetzigen Zeitpunkt hatte er noch kein einziges Mal gesagt, dass er an diesem Wettbewerb nicht teilnehmen würde. Er hatte zwar tausend Gründe gefunden, warum das Ganze eine Schnapsidee war, aber ganz offensichtlich wollte Wernher seine dreizehntbeste Freundin nicht enttäuschen und dies machte ihn für die kleine Frau zu einem wirklich guten Freund.

Jetzt wurde die kleine Frau ein klein wenig reumütig, denn das mit dem Schönheits- und Kräftewettbewerb war nur Spiel und Spaß, das eigentliche Geschenk war ein Abend in einem Freilichttheater. Da fiel ihrem Freund hörbar ein großer Stein vom Herzen und das Lachen war nach dieser Eröffnung wieder richtiggehend befreit.

Ein wenig hatte sich ihr guter Freund schon auf den Arm genommen gefühlt, doch wer konnte seiner dreizehntbesten Freundin schon böse sein?

Freunde sind für jeden Spaß zu haben und auch nicht beleidigt, wenn sie es sind, die zur Erheiterung beitragen. Sie begleiten dich in guten wie in schlechten Zeiten, sind zu jeder Tages- und Nachtzeit für dich erreichbar. Auf einen richtigen Freund kann man sich immer verlassen. Dazu fiel der kleinen Frau ein wunderbares Zitat ein, das sie vor langer Zeit einmal gehört hatte:

„Freundschaft ist eine Tür zwischen zwei Menschen.
Sie kann manchmal knarren, sie kann klemmen,
aber sie ist nie verschlossen."
(Baltasar Gracián y Morales)

Die kleine Frau macht eine wichtige Entdeckung

Weiter ging die Reise der kleinen Frau, ihr Rucksack wurde mit jedem Wegabschnitt leichter und ihr Schritt immer beschwingter. Mit einer großen Portion Vorfreude steuerte sie das nächste Ziel an, neugierig, was sie diesmal erwarten würde.

Eine ihrer zahlreichen Reisen führte die kleine Frau eines schönen Tages an einen rätselhaften Ort. Auf den ersten Blick schien sich das idyllische Städtchen nicht viel von den vorher bereisten zu unterscheiden. Die kleine Frau konnte auf Anhieb auch nicht sagen, was ungewöhnlich war. Doch bei genauerem Hinsehen war nicht nur sichtbar, nein, vor allem spürbar, dass die Atmosphäre, das Miteinander der Menschen, sich doch deutlich von anderen Gemeinschaften unterschied. Auffallend war, dass es hier keine Zäune zwischen den Häusern gab. Die Kinder liefen unbekümmert durch Gärten, vergnügten sich auf Wiesen, spielten in Lauben, Gartenhäusern und sonstigen sich darbietenden Plätzen. Niemand schien hier seinen Besitz abzugrenzen, ganz im Gegenteil, überall standen Bänke, Stühle oder sonstige Sitzgelegenheiten, die zum Verweilen einluden. Die Haustüren schienen unversperrt, denn die Kinder stürmten spielend aus und ein. „Wie schön, dieses Bild erinnert mich stark an meine Kindheit. Kinder und das dazugehörige Lärmen und Toben waren damals noch allgegenwärtig. Treffpunkte, von wo aus wir ausgelassen und unbekümmert die Gegend eroberten, gab es überall. Ist hier die Zeit stehen geblieben?"

Nachdem die kleine Frau ihr Ferienhäuschen am Stadtrand bezogen hatte, spazierte sie einem Bach folgend ins Innere der kleinen Stadt. Auf dem Weg dorthin begegneten ihr immer wieder

Spaziergänger, die sie freundlich grüßten, ihr zuwinkten und einen guten Tag wünschten. Diese kleinen Gesten des Willkommens empfand die kleine Frau als so wohltuend, dass sie sich vornahm den nächsten Passanten anzusprechen. Das spürbare Entgegenkommen der Menschen hier machte sie neugierig. Sie sah sich um und erblickte einen jungen Mann, der auf einer Bank am Bach saß und sichtlich die wärmenden Sonnenstrahlen der Frühlingssonne genoss. Die kleine Frau ging auf den Burschen zu, und bevor sie noch einen Gruß aussprechen konnte, fragte er mit einem einnehmenden Lächeln: „Möchten Sie sich setzen?" Erfreut über die ausgesprochene Einladung ließ sich die kleine Frau auf der Parkbank nieder. „Spüren Sie auch diese Energie? Ein so ruhiges und idyllisches Plätzchen übt eine spezielle Anziehungskraft aus, nicht wahr?" Der junge Mann begann sogleich die Vorzüge seiner Heimatstadt in den schönsten Farben zu schildern. Er strahlte eine Ruhe aus, eine Zufriedenheit, dass der kleinen Frau ganz warm ums Herz wurde. Dieses Fleckchen Erde war seine Welt, hier fühlte er sich wohl, das war deutlich spürbar. Die kleine Frau lehnte sich bequem zurück und hörte aufmerksam zu, als der Fremde seine Geschichte zu erzählen begann.

Seine ersten Erinnerungen waren Bilder einer kranken Mutter, der Vater war immer eine nebulöse Figur geblieben. Er hatte ihn nie kennengelernt. Noch bevor er die Schule besuchte, verlor er seine schon seit Jahren erkrankte Mutter. Nach diesen traurigen Ereignissen wurde er bei Verwandten untergebracht. Ja, „untergebracht" war wohl genau der richtige Ausdruck, denn dort gab es keinerlei Verständnis für ihn und seinen Verlust, ganz zu schweigen von Zuneigung und Herzlichkeit. In diesen Jahren zerbrach sein Herz nicht nur einmal. Um dem ungeliebten Heim zu entkommen, war der kleine Junge häufig draußen unterwegs. Auf seinen Streifzügen entdeckte er eines Tages an der Grenze zum nahe gelegenen Wald ein reizendes Gebäude. Dem kleinen Jungen erschien es wie ein Märchenschloss. Als er das erste Mal den liebevoll gepflegten Garten rundherum sah, fühlte er sich unweigerlich davon angezogen. Auf der Terrasse werkte eine Frau mit einem lustigen Strohhut auf dem Kopf. Der Junge wusste vom ersten Blick in ihre Augen, dass diese Begegnung sein Leben verändern würde. „Frau Adele war meine Retterin in jener schweren Zeit. Ich weiß nicht, wo ich heute wäre, hätte die Begegnung damals nicht stattgefunden", sagte der junge Mann mit sehr viel Nachdruck. Als er seine Schilderungen beendet hatte, blieben sie noch eine Weile schweigend nebeneinander sitzen. Die kleine Frau bedankte sich herzlich, dass er seine Geschichte mit ihr geteilt hatte. Der junge Mann verabschiedete sich freundlich und ging eilig davon, so als hätte er eine wichtige Verabredung. Vor der Wegbiegung drehte er sich noch einmal kurz um, rief: „Bis bald! Die Lösung ist meist einfacher, als man denkt!", und war verschwunden. „Sonderbar, was hat der junge Mann damit gemeint?"

Nach der langen Anreise fühlte sich die kleine Frau müde und verschob ihre weiteren Erkundigungen auf den nächsten Tag. Der kurze Rundgang hatte ihre Lust und Neugier auf dieses Städtchen geweckt und sie freute sich ihre Entdeckungsreise am nächsten Tag fortzusetzen. Sie kehrte in ihr Häuschen zurück, in das sie sich für die nächsten Tage eingemietet hatte, und packte ihre Koffer aus. Bei weit geöffneten Fensterflügeln legte sie sich ins Bett und freute sich auf die bevorstehende Nachtruhe. Sowie ihr Kopf das Kissen berührte, fielen ihr die Augen zu, und mit einem leisen Schnurren sank sie in den Schlaf.

„Alles ist so verwirrend. Ich kann mich nicht mehr erinnern, wo ich abzweigen muss." Die kleine Frau sucht verzweifelt nach dem richtigen Weg. Die Gegend wirkt unbewohnt und einsam. Die Dämmerung verbreitet diffuses Licht und erschwert erheblich die Orientierung. Plötzlich steht sie vor einem schmalen Durchgang, der umrahmt von einem Wirrwarr aus Sträuchern, durchwoben mit dornigem Gestrüpp wenig einladend aussieht. Die Gänsehaut, die sich in diesem Moment über ihren ganzen Körper ausbreitet, treibt sie weiter. Sie zwängt sich durch den schmalen Eingangsbogen und tappt den dunklen Gang entlang. Noch kann sie nicht erkennen, wohin der Weg führt. Doch beim

Durchschreiten der Öffnung am Ende des Tunnels spürt sie, dass dies der richtige Pfad ist. Alles erscheint mit einem Mal vertraut – die Bäume und Sträucher, die Steine, der Duft, das Licht, sogar der Wind berührt ihre Haut auf eine vertraute Art und Weise. „Ich bin diesen Weg schon einmal gegangen." Die kleine Frau beschleunigt ihre Schritte. Sie fühlt kaum noch den Boden unter ihren Füßen. Der Steig führt sie auf eine Anhöhe. Während einer kurzen Verschnaufpause sieht sie den jungen Mann wieder, dem sie am Nachmittag am Bach begegnet ist. Konzentriert versucht er mit Pinsel und Farben die Stimmung dieser märchenhaften Gegend auf einer Leinwand einzufangen. Ganz vertieft in sein Werken nimmt er die kleine Frau nicht wahr. Sie jedoch sieht direkt in das Herz des jungen Mannes, das von vielen Sprüngen und Rissen durchzogen ist. Doch was noch erstaunlicher ist, ist, wie kunst- und liebevoll dieses Herz wieder zusammengeflickt wurde. Es sieht aus wie ein Kunstwerk, ein magisches Meisterwerk, und genau diesen Zauber strahlt der junge Mann auch aus. Wie jemand, der nach einer schweren Verwundung wieder vollkommen genesen ist.

Die kleine Frau dreht sich um und hastet den Weg weiter. Alles in ihr drängt sie vorwärts. Oben angekommen muss sie erst einmal tief durchatmen. Vor ihr breitet sich eine berührend schöne Landschaft aus und mitten auf dieser Hochebene steht ein sonderbarer Turm. Ringsum weites, unbewohntes Land. Der Anblick hält sie eine Weile gefangen. Wieder spürt sie ein Kribbeln, eine Vorahnung, dass sie dem Ziel ganz nahe ist. Noch kann sie sich nicht von dem zauberhaften Bild, das die Landschaft vor ihr ausbreitet, abwenden. Sie ist gefangen von der Schönheit dieses Ortes. In ihrem Inneren breitet sich eine Ruhe aus, eine Stimmigkeit – wie sie es vorher noch nie verspürt hat. Langsam dreht sie sich um. Sie hat das Gefühl, eins zu sein mit dem Ort, mit der Zeit, alles um sie herum verschmilzt zu einer Einheit und exakt im Moment des Einklangs mit Raum und Zeit öffnet sich knarrend die Tür des Turmes. „Ich bin angekommen", jubelt die kleine Frau.

Doch genau in dem Augenblick erwachte die kleine Frau. Ein unbefriedigendes Gefühl stieg in ihr auf, gerade so, als wäre ihr etwas Wesentliches vorenthalten worden. „Dieser Traum hat sich so gut angefühlt." Nach ein paar Minuten der Orientierungslosigkeit war sie wieder ganz im Hier und Jetzt. Die Dämmerung verbreitete gerade so viel Licht im Raum, dass die kleine Frau die Umrisse der Möbel erkennen konnte. „Ich liebe das Reisen, die Begegnung mit anderen Menschen und Kulturen, die Schönheit und Vielfältigkeit der Natur, all die mannigfachen Phänomene erstaunen mich stets aufs Neue. Jedoch verspüre ich während meines Unterwegsseins auch immer eine Sehnsucht nach Ankommen und Bleiben. Manchmal bin ich mir selbst ein Rätsel."

Zögerlich setzte sich die kleine Frau auf und konnte sich nicht entscheiden, ob sie sich ankleiden oder wieder unter die Bettdecke verkriechen sollte. Nach einigen Minuten der Unentschlossenheit entschied sie sich den frühen Morgen zu nutzen, um sich in der Umgebung ein wenig umzusehen. Als sie durch die Tür trat, brach die Sonne zwischen den Zweigen der hohen Bäume hervor. Ein Zwitschern und Trillern durchzog die Luft, dass die kleine Frau nicht anders konnte, als sich von der heiteren Morgenstimmung anstecken zu lassen. Beschwingt marschierte sie in den neuen Tag hinein, ziel- und wunschlos. Irgendwie schien das Städtchen noch nicht aus seinem Schlaf erwacht zu sein. Ein klarer Morgen saugte die letzten Reste der Nacht ein. Die kleine Frau fühlte sich wohl, der Streifzug durch die Natur tat ihr gut. Nach geraumer Zeit verlangsamte sie ihre Schritte und schaute sich um. „Ich habe mich verlaufen. Ein schöner Fleck ist das hier. Aber in welche Richtung gehe ich nun weiter?" Sie sprach einen der morgendlichen Spaziergänger an und bat um eine Wegbeschreibung zurück zu ihrem Domizil. Der schon merklich betagte Herr lächelte und fragte, ob sie sich nicht ein wenig zu ihm setzen wolle. Er stellte sich vor und erzählte der kleinen Frau von seinen morgendlichen Ausflügen, die er jeden Tag vor dem Frühstück unternahm. Diesen Park liebte er besonders. Er habe etwas Einladendes und Heimeliges an sich. „Meine Heimatstadt verzaubert mich stets aufs Neue", gestand

Herr Weber der kleinen Frau. Er lebte schon über achtzig Jahre in dieser Stadt und war immer wieder überrascht, wie viel Neues er täglich entdeckte. Aus dem Blick und dem Gesicht des alten Herrn sprach viel Lebenserfahrung. Was die Ausstrahlung so besonders machte, war dieser zufriedene Ausdruck, der über all den Spuren der Vergangenheit lag. „Bleiben Sie ein wenig sitzen, Sie werden spüren, welch beruhigende Wirkung so eine kurze Rast unter den alten Bäumen ausübt. Ich setze mich jeden Morgen für einige Zeit hierher und fühle mich im Einklang mit mir und der Welt." Herr Weber strahlte eine Zufriedenheit und Ruhe aus, dass die kleine Frau sich am liebsten an ihn angelehnt hätte. Ihre Augen trafen sich für einen wärmenden Moment. „Seine Augen sehen in mich hinein, lesen meine Gefühle, können mich verstehen." Die kleine Frau hatte nicht bemerkt, dass sie laut vor sich hingesprochen hatte. Sie wandte ihr Gesicht erneut dem alten Herrn zu und erzählte ihm von ihrem Leben, dem Traum und den immer wiederkehrenden Unsicherheiten, die zuweilen ihr Inneres in Aufruhr brachten. Der alte Mann hörte still zu. Sein stilles Zuhören und der verständnisvolle Blick übten eine ungemein tröstende Wirkung auf die kleine Frau aus. Die Begegnung tat ihr außerordentlich gut. Sie fühlte sich angenommen und verstanden. „Dazu passt wunderbar eine Geschichte, die ich vor Jahrzehnten selbst erlebt habe. Wenn Sie gerne Geschichten hören, dann bleiben Sie noch ein Weilchen hier.

„Diese Tage liegen schon lange zurück, jedoch erinnere ich mich, als ob ich sie erst gestern erlebt hätte. Ich war damals noch ein junger Mann und über alle Maßen in eine Studienkollegin verliebt, die mit mir an der hiesigen Universität Medizin studierte. Jede Minute, die es uns möglich war, verbrachten wir gemeinsam. Es waren unvergesslich schöne Tage. Astrid lebte bei ihrer Großmutter. Ihre Eltern waren im hohen Norden zu Hause. Da es in der weiteren Umgebung ihres Heimatortes keine Universität gab, zog sie für die Dauer ihres Studiums in meine Heimatstadt, nur zwei Häuser von meinem Elternhaus entfernt. Es war Liebe auf den ersten Blick. Die Studienjahre waren eine unbeschwerte

Zeit mit viel Zweisamkeit. In den Ferien fuhren wir gemeinsam zu ihren Eltern und genossen die Schönheit ihres Heimatlandes und das liebevolle Umsorgtwerden vonseiten ihrer Familie. Ich war zu dieser Zeit wunschlos glücklich und dachte, dass eine wunderbare Zukunft vor uns liegen würde. Ich war mir ganz sicher die richtige Frau gefunden zu haben und wusste, dass sie meine Liebe erwiderte. Nachdem ich mein Studium beendet hatte, fand ich gleich eine Anstellung im städtischen Krankenhaus. Ich liebte meine Arbeit, ich hatte meine Berufung gefunden. Als Astrid ihr Studium abschloss, ein Jahr nach mir, passierten mehrere Dinge gleichzeitig. Ihre Großmutter hatte vom Stadtleben genug und wollte zurück in ihren Heimatort ans Meer. Dort lebte ihre Schwester im Haus ihrer verstorbenen Eltern und dieses wollten sie nun gemeinsam bewohnen. Astrid war über die Entscheidung ihrer Großmutter unglücklich. Sie liebte diese warmherzige und großzügige Frau, die immer für alle und alles Verständnis und Zeit aufbrachte. Schon während der Studienzeit hatte Astrid stark unter Heimweh gelitten. Sie sehnte sich nach ihren Geschwistern, ihren Eltern, der Freiheit und Gemütlichkeit ihres Heimatortes, nach den endlosen Weiten, der Kargheit der Landschaft, der Unbeschwertheit des Landlebens. Das Sehnen wurde immer mächtiger, und als die Großmutter die Stadt verließ, wurde die Unsicherheit, was sie tun sollte, noch stärker. Ich wollte sie unter allen Umständen halten und tat alles in meiner Macht Stehende, um sie glücklich zu machen. Ich spürte ihre Zerrissenheit, ihre Liebe zu mir und ihre Sehnsucht nach den Lieben zu Hause. Eine Zeit lang ist es mir gelungen, sie immer wieder auf meine Seite zu ziehen, unter Einsatz meiner ganzen Kraft und Liebe. Ich habe mir ständig überlegt, was könnte sie glücklich und zufrieden machen. Was könnte ich noch tun, damit sie bei mir bleibt. Ich zermarterte mir den Kopf, wie ich wieder Fröhlichkeit und Zufriedenheit in unser Leben bringen konnte. Soviel ich mich auch anstrengte und je mehr ich meine Anstrengungen erhöhte, umso stiller und trauriger wurde Astrid. Allmählich begriff ich, dass ich nicht die Macht hatte, um den Lauf der Dinge aufzuhalten.

Eines Tages war es so weit, sie kehrte wieder zu ihrer Familie zurück. Ich musste sie gehen lassen. Wenn ich meinen Seelenzustand damals beschreiben soll, dann ist ‚ein gebrochenes Herz' sicherlich der richtige Ausdruck. Ich war verzweifelt und wusste mir anfangs nicht zu helfen, aber mit der Zeit und vor allem durch meine erfüllende Arbeit kam ich über den größten Schmerz hinweg. Die ersten Monate schrieb ich ihr fast täglich einen Brief und beteuerte, dass ich auf sie warten würde. Ich gab meiner Zuversicht Ausdruck, dass wir früher oder später wieder vereint sein würden. Noch immer wollte ich eine Änderung der Situation erzwingen. Doch eines Tages wurde mir bewusst, dass ich sie freigeben musste, um wieder zu mir selbst zu finden. Ich war bereit, sie loszulassen. Ich versuchte nicht mehr, sie umzustimmen. Ich hatte verstanden, dass es nicht in meiner Macht steht, andere glücklich zu machen, auch wenn man sie noch so sehr liebt. Es lag auch nicht in meinem Einflussbereich, dem Leben von anderen Sinn zu geben, diesen konnte jeder nur für sich selbst finden. Die Erkenntnis hat mich ruhiger und geduldiger werden lassen und so konnte ich wieder Lebensfreude empfinden und meinen eigenen Weg weitergehen.

In einem langen Brief habe ich mir alles von der Seele geschrieben, ohne Schuldzuweisung, ohne Vorwürfe, voll von Liebe und Dankbarkeit für die gemeinsame Zeit und Verständnis für das Geschehene. Rückblickend sah ich unsere Geschichte nicht mehr als eine gescheiterte, sondern als eine wertvolle Kostbarkeit, die Teil meiner Lebensgeschichte war. Mit dem Brief hatte ich einen Schlusspunkt gesetzt, der mir wieder meine Freiheit und Selbstständigkeit zurückgab.

Ich war dann mehr als überrascht und unbeschreiblich glücklich, als ein paar Monate später Astrid vor meiner Tür stand und fragte, ob sie bleiben könne, und das tat sie dann für den Rest ihres Lebens. Bis sie vor einem Jahr von mir gegangen ist, aber ich bin mir sicher, sie wartet dort auf mich. Das Leben hat es gut mit uns gemeint und darüber bin ich sehr dankbar."

Mit einem Lächeln wandte er sich der kleinen Frau zu und war wieder ganz im Hier und Jetzt. „Eigenartig", dachte die kleine

Frau, „wie schnell sich in manchen Situationen Vertrauen, gegenseitiges Verstehen, eine freundschaftliche Beziehung zwischen zwei völlig fremden Personen aufbauen kann." Sie hob die Augen und blickte direkt in seine und da wusste sie, dass es ihm ebenso erging.

„Schlussendlich hat sich in ihrem Leben alles vollkommen perfekt entwickelt", resümierte die kleine Frau. „Ich habe mir meines auch immer so vorgestellt und viel Einsatz dafür geleistet, aber manchmal kommt es dann doch anders, als man es sich wünscht." Der alte Herr musste lächeln. „Perfekt war unser Leben nie, vielleicht ergänzten wir uns sehr gut. Was unsere Beziehung besonders machte, war das Band der Liebe, das uns in glücklichen wie in schwierigen Zeiten ein Leben lang begleitet hat. Die Liebe war die Basis, auf der wir unser Leben aufgebaut haben. Wie in jeder Lebensgeschichte gab es nicht nur gute Zeiten, auch tiefe Täler mussten durchschritten werden. Ein perfektes Leben stelle ich mir langweilig vor, aber vielleicht irre ich mich da auch, weil ich es selbst nicht erlebt habe. Mir wäre ein perfektes Leben auch zu anstrengend, deshalb waren Vollkommenheit und Vollkommensein nie ein Thema in meinem Leben. Wer will das schon beurteilen, was im Leben richtig oder falsch, was vollkommen oder ungenügend war? Ich kann und will es nicht, denn es ist im Nachhinein betrachtet auch nicht mehr wichtig."

Die kleine Frau war von der Offenheit des alten Mannes und seiner Einstellung zum Leben beeindruckt. Eine Weile blieben beide noch schweigend sitzen. Dann erhob sich der alte Herr, nahm seinen Stock und gab der kleinen Frau die Wegbeschreibung, um die sie anfangs gebeten hatte. Das erste Stück des Weges bis zur alten Holzbrücke gingen beide gemeinsam, dann verabschiedete sich Herr Weber. Dort am anderen Ufer des Flusses standen ein paar Häuser und eines davon war sein Zuhause. Eigentlich waren es kleine Villen, die umgeben von großen, gepflegten Gärten sehr reizvoll wirkten. Die Häuser waren schon ein wenig in die Jahre gekommen, versprühten aber dessen ungeachtet ihren Charme. Die Gegend sah idyllisch aus. Hohe, alte Bäume säumten die Straße, bunte Wiesen umrahmten die kleine Siedlung. Die Gegend passte wunderbar zur Geschichte des alten Herrn.

Nach dieser berührenden Begegnung wanderte die kleine Frau zurück in ihr Häuschen, frühstückte ausgiebig und nahm sich vor am Nachmittag das malerische Städtchen genauer zu erkunden.

Auf dem Weg ins Innere der kleinen Stadt kam ihr eine Dame ganz in Lila gekleidet mit schickem, breitkrempigem Hut aufgeregt entgegen. Warf ihr einen verschwörerischen Blick zu und raunte ihr beim Vorübergehen gerade noch hörbar die Worte zu: „Der Weg ist leicht zu finden", lächelte sie aufmunternd an und verschwand gleich um die nächste Ecke. „Was hat die Dame gemeint? Hier liegt wohl eine Verwechslung vor." Gleich darauf sah sie von Weitem die lila Dame Arm in Arm mit dem jungen Mann, den sie gestern am Bach getroffen hatte, stadtauswärts davoneilen. Beide winkten ihr freudig zu. Irgendwie eigenartig. Verwundert wanderte die kleine Frau weiter Richtung Stadtzentrum. Dort ließ sie sich am Stadtbrunnen nieder und schaute den spielenden Kindern zu. Die Knirpse waren eifrig damit beschäftigt, selbst gebastelte Schiffe im plätschernden Wasser hin- und herfahren zu lassen. Die Mutter eines kleinen Mädchens setzte sich unweit der kleinen Frau ins Gras und fragte, ob sie hier auf Urlaub sei. Einer spontanen Eingebung folgend antwortete die kleine Frau, dass sie eine Studienreise mache und wahrscheinlich länger als nur ein paar Tage in dieser Gegend bleiben würde. Die junge Frau stellte sich als Sonja Schäfer vor und wollte gerne mehr darüber wissen. Sie fragte, was es in diesem Städtchen denn so besonderes zum Studieren gab. Die kleine Frau lachte und verriet ihr, dass sie in Herzensangelegenheiten unterwegs sei. Sie dachte, vielleicht auf diese Weise irgendetwas über die Eigenheit dieses Städtchens erfahren zu können. „Das klingt ja spannend", erwiderte Frau Schäfer. Ob sie denn mehr erfahren dürfe? Die kleine Frau begann von ihren Reisen und den damit verbundenen Begegnungen zu erzählen. Von den Menschen, ihren erstaunlichen Geschichten, den schönen Erinnerungen, die diese Erlebnisse hinterlassen hatten, und ihrer Suche nach dem Glück, dem so viele Menschen hinterherliefen.

„Dann sind Sie hier unbedingt richtig, denn diese Stadt hat etwas Besonderes an sich, das ich jetzt einmal mit ‚herzlich' beschreiben möchte. Ich lebe erst seit einigen Wochen in dieser Gegend und fühle mich derart angenommen und willkommen, dass ich es als einen außerordentlichen Glücksfall betrachte, hier gelandet zu sein. Einige dieser Menschen, die ich schon kennengelernt habe, machen es einem extrem leicht Fuß zu fassen und sich wohlzufühlen. Irgendwie habe ich das Gefühl, als läge ein Zauber über diesem Gebiet."

„Schön, diese Vielzahl an froh gestimmten Leuten auf einen Fleck ist nicht nur bemerkenswert, sondern auch unbedingt nachahmenswert. Vielleicht gibt es ja ein Rezept dafür." Die kleine Frau bedankte sich für das anregende Gespräch und verabschiedete sich von der jungen Mutter. Ein paar Schritte weiter an der Straßenecke entdeckte sie eine Gemischtwarenhandlung. „Dort werde ich noch ein paar Kleinigkeiten für das Abendessen besorgen." Das Klingeln des Glöckchens über der Eingangstür erinnerte die kleine Frau an eine Spieldose, die sie als kleines Mädchen besessen hatte. Ein wohliges Gefühl stieg in ihr auf und Erinnerungen wurden wach. Aus diesem Grund nahm sie das Paar nicht gleich wahr, das aus dem Nebenzimmer auf sie zukam. „Wie können wir Ihnen behilflich sein, meine Liebe?", erkundigte sich der Ladenbesitzer in einem leutseligen Ton. Die kleine Frau schob ihre Gedanken beiseite und äußerte ihre Wünsche. Flink sammelte Herr Schubert die Waren aus den Fächern ein, überreichte sie seiner Frau und diese verpackte den Einkauf hübsch in einen Korb. Nachdem alles erledigt war, fragten die beiden, ob sie noch ein wenig Zeit habe für eine Tasse Tee. Angenehm überrascht bejahte die kleine Frau. Das Ehepaar Schubert betrieb diesen Laden schon seit über vierzig Jahren und war es noch kein bisschen müde, hier Tag für Tag zu stehen und den Einkäufern ihre Wünsche zu erfüllen, soweit es eben in ihrer Macht stand. „Wie schön, dieser Mann und seine Frau führen sichtbar ein zufriedenes Leben. Die Art, wie sie ihren Kunden begegnen, mit welcher Sorgfalt und Hingabe sie ihre Arbeit erledigen und die Herzlichkeit, die beide ausstrahlen, lassen keinen anderen Schluss zu." Zur Tasse Tee gab es einen köstlichen Apfelkuchen. Für die kleine Frau passte dieses Erlebnis wunderbar in das Gesamtbild der Stadt. Die angenehme Gesprächsatmosphäre, die freundliche Aufnahme, die Selbstverständlichkeit, wie diese beiden alten Menschen eine für sie fremde Person an ihrem Leben teilnehmen ließen, lösten ein richtiges Glücksgefühl in der kleinen Frau aus. „Warum ticken die Uhren hier anders? Warum nehmen sich die Menschen hier Zeit füreinander? Warum begegnen sich die Leute mit mehr Wertschätzung? Warum gehen die Bewohner aufeinander zu, unterstützen und helfen sich gegenseitig?" Aus der kleinen Frau waren diese Fragen nur so herausgeplatzt. Ein Schmunzeln überzog das Gesicht der beiden, ein wissender Blick wurde gewechselt, bevor das Ehepaar zu erzählen begann. Vor einigen Jahrzehnten, wann genau, daran konnte sich keiner der beiden erinnern, hat sich in diesem Städtchen einiges verändert, und zwar mit durch und durch positiven Auswirkungen. Vorher war das Leben hier wie anderswo auch. Dann, eines Tages, geschah Folgendes. Ein jahrelang leer stehendes Haus am Rande der Stadt bekam eine neue Besitzerin. Schon am ersten Tag ihres Hierseins wurde eine Veränderung spürbar. Allerdings war es kein Umbruch von heute auf morgen, nein, es war ein langsames Wachsen und Werden.

Gerade als Frau Schubert zu einer weiteren Erklärung ansetzen wollte, klingelte das Glöckchen. Gleichzeitig erhob sich das Ehepaar und ging dem Einkäufer entgegen. Kurz darauf kamen zwei Kinder und der dazugehörige Großvater ins Geschäft. Die kleine Frau konnte sehen, dass jetzt nicht der richtige Zeitpunkt war, um Antworten auf ihre Fragen zu erhalten. Sie trank noch den letzten Schluck Tee aus, nahm den Korb und verabschiedete sich. Herr Schubert brachte sie bis zur Tür. „Sie können uns den Einkaufskorb beizeiten wiederbringen." Ob sie jemand begleiten solle, wollte er noch wissen. Dankend verneinte die kleine Frau und machte sich auf den Rückweg. Sie wollte sich auf der Terrasse ihres Häuschens noch ein wenig ausruhen, denn der Rundgang durch die Stadt hatte sie doch etwas ermüdet. Nachdem sie eine Kleinigkeit zu essen zu sich genommen hatte, legte sie sich gemütlich in einen Liegestuhl, der einladend auf der Veranda stand. Gleich darauf fiel sie in einen tiefen Schlaf und fand sich in einem merkwürdigen Traum wieder.

Im Traum wandert die kleine Frau auf dieses seltsame turmartige Gebilde zu, das sie sofort wiedererkennt. Langsam nähert sie sich der Eingangstür, die unerwarteterweise weit offen steht. Auf einem Schild über dem Portal sind zwei sich berührende Herzen eingraviert. Nach kurzem Zögern betritt die kleine Frau das Innere des Gebäudes. Eine musikalische Klangwolke empfängt sie, als sie die Glastür zum ersten Raum durchschreitet. Viele klopfende Herzen in den verschiedensten Tonlagen geben ein außergewöhnliches Konzert. Zarte und kräftige Töne formen sich zu einer energiegeladenen Komposition. Eine Symphonie der Herzen von erstaunlicher Klarheit und Harmonie schallt durch das ganze Gebäude. Die Melodie berührt augenblicklich das Herz der kleinen Frau. Erstarrt bleibt sie mitten im Raum stehen und lauscht den Klängen. Ein leises Knarren lässt sie erschrocken herumfahren. Eine Seitentür öffnet sich und vor ihr steht eine alte Frau mit schlohweißem Haar und außergewöhnlich strahlenden Augen. „Ich bin Sophia und freue mich, dass wir uns kennenlernen. Du erinnerst dich? In deinen Träumen warst du schon einige Male auf dem Weg zu mir, jedoch hat die Zeit nie für einen Besuch gereicht." Die kleine Frau hat sich schnell von ihrer Verwunderung erholt und will gerade zum Sprechen ansetzen, als ihr Sophia mit Handzeichen zu verstehen gibt, ihr zu folgen. Gemeinsam betreten sie eine Art Röhre, die sich schneckenförmig nach oben windet. Vom Ende des Tunnels, der nur schwach beleuchtet ist, dringen schwirrende Klänge. Helles Licht fällt in den Durchgang ein. Durch einen Rundbogen treten sie in die gleißende Helligkeit. Die kleine Frau braucht eine Weile, um sich an die Lichtverhältnisse zu gewöhnen. Ein lautes Surren, Flügelschlägen gleich, erfüllt den Raum. Zuerst denkt die kleine Frau, dass dies ein Taubenschlag sein müsse, so surrt und flirrt es rings um sie herum. Doch bei genauerem Hinsehen erkennt sie Herzen, die alle suchend in der riesigen Dachkuppel herumfliegen. Über spezielle Öffnungen, kleine Luken, fliegen sie ein und aus. Die meisten der Herzen sind in einem erbärmlichen Zustand. Einige haben eine derart ungesunde Farbe, dass der kleinen Frau schon vom Anblick ganz mulmig wird. Andere wiederum zeigen ein solch verformtes Äußeres, dass sie kaum mehr als Herzen zu erkennen sind. „Was drängt diese Herzen hierher?", will die kleine Frau wissen. „Eine unstillbare Sehnsucht nach Liebe und Begegnung treibt sie zu uns", entgegnet ihr Sophia. „Ein Ort der Begegnung für gebrochene, verkrüppelte, vereinsamte, zerrissene, verlorene Herzen."

Doch es bleibt keine Zeit, um weiter über dieses Phänomen nachzudenken. Ihre Gastgeberin bittet sie wiederum per Handzeichen weiter, hinein in einen großen, lichtdurchfluteten Raum. Dort bietet sich der kleinen Frau ein faszinierendes Schauspiel. Zwei Herzen umkreisen einander. Sie beginnen langsam, sich im Takt der Musik zu bewegen, in einem Einklang, wie nur zwei sich verstehende Herzen miteinander schwingen können. Die kleine Frau ist so gefesselt von diesem Tanz, dass sie anfangs die Veränderungen in Form und Farbe kaum wahrnimmt. Doch als die Darbietung endet, sehen die Herzen bedeutend kräftiger und gesünder aus als vorher. Niemand hat die Herzen berührt, niemand hat in dieses Spiel eingegriffen, und doch hat eine beeindruckende Veränderung stattgefunden. „Was für eine zauberhafte Wirkung", denkt die kleine Frau und will unbedingt mehr darüber herausfinden. „Der Zauber liegt jedem Herzen inne", versichert ihr Sophia.

Dann erwachte die kleine Frau und war ziemlich durcheinander. „Was für ein intensiver Traum. ‚Der Zauber liegt jedem Herzen inne.' Was ist damit gemeint und wie setzt man diesen Zauber frei? Mir fehlt die Vorstellung, wie das im realen Leben passieren soll. ‚Die Lösung ist einfach und der Weg ist leicht zu finden.' Waren das nicht die Worte, die ich nicht zuordnen konnte? Vielleicht ist das ein Hinweis. Ich denke, ich sollte mich auf den Weg machen. Morgen ist der richtige Tag dafür."

Am nächsten Vormittag marschierte die kleine Frau einfach drauflos. Wohin genau, das wusste sie noch nicht, mehr oder weniger ließ sie sich von ihrem Gefühl leiten. Besonders auf ihr Gespür achtend, durchwanderte sie die Stadt, bis sie fast am anderen

Ende angelangt war. Dort, inmitten einer kleinen Wohnsiedlung, stand ein Gebäude mit vielen kleinen Türmen, Erkern, Nischen, Fenstern, bunt bemalter Fassade, einer großen Terrasse voller Blumen und Menschen. Die spezielle Ausstrahlung des Hauses zog die kleine Frau an. Sie näherte sich langsam und wusste, dass sie am Ziel war. „Allein die Selbstverständlichkeit und Gelassenheit, mit der die Menschen hier aus und ein gehen, wie entspannt und fröhlich ihre Gesichter wirken, sagen mehr aus als Wörter ausdrücken können. Hier bin ich richtig."

Auch die lila Dame, heute in Weinrot gekleidet, und ihr Begleiter waren unter den Anwesenden. Die kleine Frau näherte sich dem Eingang und überlegte, unter welchem Vorwand sie sich Zutritt verschaffen könnte. Doch genau in dem Moment kam ihr Adele, die Dame des Hauses entgegen. Sie bat die kleine Frau herein, ohne nach dem Grund ihres Kommens zu fragen. Irgendwie erinnerten das Auftreten und die weißen Haare von Adele an Sophia, die Figur im Traum. „Ich freue mich, dass Sie uns besuchen." Überall saßen kleine Gruppen zusammen. Mütter mit ihren Kindern, alte und junge Frauen und Männer, Greise und Babys, Menschen mit heller und dunkler Haut. Alle schienen das Zusammensein zu genießen. Von überall her drangen Gesprächsfetzen an das Ohr der kleinen Frau. „Ein echter Ort der Begegnung. Wertschätzend und freundschaftlich begegnen sich hier Menschen aus verschiedenen Kulturen, Religionen, Abstammungen über Generationen hinweg." Auf den fragenden Blick der kleinen Frau hin begann Adele ihre Geschichte zu erzählen, von den Anfängen dieser Treffen und deren Auswirkungen auf das Umfeld, den Veränderungen, die diese Zusammenkünfte in das Leben des Städtchens gebracht hatten. „Die Initiative, die ich damals aus einer schwierigen Situation heraus gestartet habe, hat in der Zwischenzeit große Kreise gezogen. Überall findet der wertschätzende Umgang seinen Niederschlag. Für mich die schönste Belohnung. Ich habe das Zusammensein mit Menschen immer schon geliebt. Ich höre gerne zu, interessiere mich aufrichtig und unvoreingenommen für ihre Geschichten und begegne ihnen mit Offenheit, Herzlichkeit und Wertschätzung.

Die gezeigte Zuneigung und der Respekt für ihr Sosein hat viele Menschen, die hier ihren Ballast abgelegt haben, dazu gebracht, aus eigener Kraft und Überzeugung erneut hinauszugehen und ihr Leben wieder beherzt in die Hand zu nehmen. Was weiter dazu geführt hat, dass immer wieder neue Orte der Begegnung in unserem Städtchen entstanden sind. Die Menschen haben erfahren, dass Helfen, Geben, Teilen für jeden der Beteiligten ein Gewinn ist. Leider ist es nicht möglich, die Erfahrungen des Füreinander-Daseins, die dadurch entstehenden Gemeinsamkeiten und den daraus resultierenden Zusammenhalt in Worte zu fassen, es muss jeder selbst erleben. Mit dem Verstand ist das Phänomen nicht erklärbar, doch ist es für jeden mit dem Herzen spürbar. Für das Herz ist es einfach und leicht herzlich zu handeln, aufrichtig und wertschätzend den anderen zu begegnen."

Jetzt verstand die kleine Frau auch ihren Traum. Der Zauber liegt in jedem von uns, nur manchmal können wir uns nicht mehr erinnern, wie die Zauberformel heißt, die unser Herz wieder genesen lässt. Dafür braucht es zuweilen diese Orte der Begegnung, wo ein echtes, aufrichtiges, offenes und vertrauensvolles Zusammensein stattfinden kann mit Menschen, die einem wohlwollen – ob kleine Frauen, weise Frauen, alte Frauen oder Männer, Freunde, Nachbarn, Sportkameraden, Arbeitskollegen spielt dabei keine Rolle, was zählt, sind die Liebe, die Wertschätzung, die sie dem anderen entgegenbringen.

Epilog

Erschöpft von der Reise und den damit verbundenen Ereignissen und Erlebnissen sehnte sich die kleine Frau nach Ruhe und Stille. „Ich muss ein wenig Ordnung in meine Gedanken bringen." Sie verspürte eine unbändige Lust nach einem ihr sehr vertrauten Ort. Sie kannte ihn gut, mehr als gut sogar, und freute sich riesig auf ein Wiedersehen.

Bereits während der Fahrt durchströmte sie ein freudiges Prickeln, eine Vorfreude, wie sie es lange nicht mehr erlebt hatte. Wenige Stunden später sah die kleine Frau von Ferne die Spitzen ihrer geliebten Berge. Steil und serpentinenreich wand sich die Straße hinauf in das Hochtal. „Nun ist es nicht mehr weit. Hier habe ich wohl die beschaulichste Zeit meines Lebens verbracht. Viele harmonische und besinnliche Stunden." Schon von Weitem sah die kleine Frau den alten, unbewohnten Bauernhof und ein wenig abseits davon die Hütte. Dieses Holzhäuschen war für sie immer ein Ort des Zu-sich-Kommens, des Ganzseins, des Wohlfühlens gewesen. Jeder Aufenthalt in diesem Hochtal war ein Ausstieg aus Zeit, Hektik und Getriebensein. „Das war alles vor langer, langer Zeit." Beinahe hätte sie dieses Refugium vergessen, wäre unbewusst die Sehnsucht in ihr nicht ständig ein wenig gewachsen. „So oder so ähnlich muss sich das Paradies anfühlen und vielleicht auch ein wenig so aussehen", dachte sie beim Näherkommen.

Jedes Mal war sie von Neuem von der malerischen Kulisse verzaubert. Die Berge standen majestätisch im engen Tal, einen Steinwurf von der Hütte entfernt strebten die steilen Berghänge dem Himmel entgegen. Die Hütte lag eingebettet in Wiesen voller Bergblumen. Die kleine Frau betrat das Häuschen, öffnete alle Fensterläden, sodass die Sonne und die klare Bergluft ins Haus strömen konnten und mit ihnen der Duft der Blumen und Wiesenkräuter. Die graue Staubschicht über den Einrichtungsgegenständen, der typische Geruch, wenn Fenster und Türen lange verriegelt waren und kein Luftzug das Haus durchweht hatte, waren Zeichen der mittlerweile verflossenen Zeit. Vollkommen zufrieden machte sie sich daran, der Hütte wieder Leben einzuhauchen.

Der Sommer mit seinen berauschenden Düften und angenehmen Temperaturen neigte sich seinem Ende zu. Der Herbst machte zaghafte Annäherungsversuche und diese verzauberten die Landschaft auf eine ganz eigene Art und Weise. Frische, reine Bergluft, sanft wärmende Sonnenstrahlen, zart verfärbte Blätter, klare Weitsicht, alles Hinweise, dass der Herbst langsam die Oberhand gewann. Ein starkes Gefühl der Freiheit und Ganzheit durchflutete die kleine Frau.

„Mein Weg hat mich also hierher geführt. Serpentinenreich und steil ist er teilweise gewesen und auch der Rucksack war anfangs noch ziemlich schwer. Jedoch war jeder Schritt die Anstrengung wert, brachte er doch Erleichterung und Zuversicht. Oft mussten die Füße ihren Weg alleine finden, weil die Augen aus dem Staunen nicht mehr herauskamen, die Ohren von einer verführerischen Symphonie erfüllt waren, die Gedanken schwerelos zwischen den verschiedenen Orten tanzten und das Herz laut den Takt dazu schlug." Die kleine Frau hatte viel gesehen und gehört, viel gesammelt und aufbewahrt, freigegeben und losgelassen, viel gelacht und auch geweint und aus all diesen Erfahrungen ihre Lehren gezogen.

Ein Hochgefühl durchflutete die kleine Frau und erfüllte sie mit Dankbarkeit. „Viel brauche ich nicht zum Glücklichsein. Das Reisen hat meine Wahrnehmung verändert und mir bewusst gemacht, was mein Leben wertvoll macht und wie ich es erfüllt und sinnvoll gestalten kann." Entspannt lehnte sich die kleine Frau gegen das aufgestapelte Holz vor dem Häuschen und schaute versonnen und vollkommen im Einklang mit sich selbst ins Tal hinunter.

Die letzten Sonnenstrahlen spitzelten über die Berggipfel und färbten den Himmel rot. Eine feierliche Stimmung legte sich über das Tal und verwandelte es für kurze Zeit in eine Märchenlandschaft, in eine unbeschreiblich schöne Idylle.

Die Autorin

Margot Pölzl ist 62 Jahre alt, verheiratet und hat drei Kinder – Christine, Michael und Karolin. Auf dem zweiten Bildungsweg holte sie 1996 die Matura nach (HAK Abendschule), anschließend Studium der Erziehungswissenschaften an der Universität in Innsbruck. 2005 folgte die Ausbildung zur Mediatorin und 2006 die Übersiedlung in die Steiermark.

Sie schrieb und erzählte schon immer gerne Geschichten, „Die kleine Frau und die Magie der Begegnung" ist ihr erstes Buch.

novum VERLAG FÜR NEUAUTOREN

Der Verlag

*Wer aufhört
besser zu werden,
hat aufgehört
gut zu sein!*

Basierend auf diesem Motto ist es dem novum Verlag ein Anliegen neue Manuskripte aufzuspüren, zu veröffentlichen und deren Autoren langfristig zu fördern. Mittlerweile gilt der 1997 gegründete und mehrfach prämierte Verlag als Spezialist für Neuautoren in Deutschland, Österreich und der Schweiz.

Für jedes neue Manuskript wird innerhalb weniger Wochen eine kostenfreie, unverbindliche Lektorats-Prüfung erstellt.

Weitere Informationen zum Verlag und
seinen Büchern finden Sie im Internet unter:

www.novumverlag.com